童喜喜教育文集

你的好，我知道

童喜喜◎著

电子工业出版社

Publishing House of Electronics Industry

北京·BEIJING

图书在版编目（CIP）数据

你的好，我知道 / 童喜喜著．—北京：电子工业出版社，2020.9
（童喜喜教育文集）
ISBN 978-7-121-39385-3

Ⅰ．①你…　Ⅱ．①童…　Ⅲ．①诗集—中国—当代　Ⅳ．①I227

中国版本图书馆CIP数据核字（2020）第148731号

责任编辑：潘　炜
印　　刷：北京盛通数码印刷有限公司
装　　订：北京盛通数码印刷有限公司
出版发行：电子工业出版社
　　　　　北京市海淀区万寿路173信箱　邮编：100036
开　　本：720×1000　1/16　印张：14.5　字数：240千字
版　　次：2020年9月第1版
印　　次：2024年1月第3次印刷
定　　价：59.00元

凡所购买电子工业出版社图书有缺损问题，请向购买书店调换。若书店售缺，请与本社发行部联系，联系及邮购电话：（010）88254888，88258888。
质量投诉请发邮件至zlts@phei.com.cn，盗版侵权举报请发邮件至dbqq@phei.com.cn。
本书咨询联系方式：（010）88254210。influence@phei.com.cn，微信号：yingxianglibook。

韵律和诗意的组合，童心与温馨的叠映，从平常中寻找非常，向生活和时代致敬！

——高洪波（中国作家协会副主席、前《诗刊》主编）

总 序

美国马萨诸塞大学波士顿分校终身教授、

中国教育三十人论坛成员　严文蕃

从一线酿造的教育蜜糖

我非常高兴地得知本书即将出版，仔细读完书稿，很是惊喜。

童喜喜作为专业的儿童文学作家，她的教育研究生涯比较特殊。从1999年资助一位失学儿童开始，到2009年为"新教育实验"担任义工之后，她一直以不同的方式，和一线老师并肩奋斗。可以说本书记录的中国教育经验和中国教育故事，具有世界意义。

我非常佩服童喜喜，她的悟性之高、写作速度之快，她对新事物的发现、掌握和表达，不是常人能够做到的。

我读过童喜喜的很多儿童文学作品。她的第一部童书《嘟嘟嘟》获奖无数，畅销至今，十万字的作品竟然只用六天就写了出来。她的"新孩子"系列童书，作为开启非虚构儿童教育文学的杰作，对儿童成长具有划时代的意义。

我了解童喜喜对新教育研究和推广的贡献。她是新教育的参与者、反思者、引领者。新教育发起人朱永新教授指出，童喜喜的哲学功底、教育悟性、人文素养和文字能力，再加上过人的勤奋，让她脱颖而出。

我也知道童喜喜对中国阅读推广做出的贡献，知道她只身一人在一年里深入中国大陆100所乡村学校，免费举行196场讲座的壮举。

还记得 2017 年 10 月的一天，童喜喜向我介绍说写课程的研究，提出"读写之间说为桥"，以"说"打通读和写，把写作的复杂过程跟思维的运转过程联系起来。我当时特别兴奋，告诉她这个主意非常好。怎样从"说"的角度深入研究写作教育，这确实是一个非常好的创意。

童喜喜不仅做了，而且从学校教学、家庭教育等不同层面开展，就在这套作品中把不同人群的说写技巧提炼了出来："创造奇迹的说写革命"是针对学生的说写训练，"教师喜阅说写技巧"是针对教师的说写技能提升，"家庭说写八讲"是针对父母的操作指导。她把这套思维训练的说写课程从学校扩展到家庭，与家庭教育结合起来。这个成果真是太棒了！

这套作品涉及主题非常广泛，形式也非常丰富，既有诗歌，又有散文，既有演讲，又有更多的教育叙事、论文和操作性、指导性很强的手册等。书中主要关注的三点，既是中国教育的重要问题，是中国教育改革重视的三个方面，也是世界各国当下教育面临的难题，是全球教育改革最需要做的三件事。

第一是教师的专业发展。教育改革的主力军是教师。要使教师能够成长，最核心的是教师的专业发展，要不断为其提供动力，使其提升能力。童喜喜思考和写作的这一点，也是世界各国重视学习中国的一个热点。特别是在国际学生评估项目（PISA）评比中，中国取得优秀成绩之后，很多国家把这样的好成绩归功于中国教师的能力和中国教师在专业发展上的贡献。童喜喜连续十年捐赠稿费，为一线教师开展公益项目，帮助数千位一线教师成长，经验值得借鉴。

第二是新世纪的家庭教育。中国历来重视家庭教育，父母对孩子有着很高的期望，在家庭的亲子关系、教育投入上有着优良传统。这些对世界各国的教育都很有启发意义。进入信息时代，家庭教育有哪些重要变化？有哪些新的方法？童喜喜对这方面的解读，也是一个重要的贡献。可以看出童喜喜进行的努力，把中国传统的家庭教育提升到了一个新高度。

第三是学生学习成长。学生的学习，很大程度上是学科阅读的问题，学生的发展在很大程度上是写作的问题。阅读和写作，是世界各国都面临的最重要、最困难的问题。童喜喜不仅把阅读和写作视为研究的重心，而且有很深的理解和很好的建议。其中"童喜喜说写课程"对写作和阅读的探索，即便在美国，同类研究也没有多少文献记载，没有多少经验分享，在世界范围来看，也具有很强的引领性、创新性和指导意义。

这些年来，我听许多老师讲过，特别喜欢读童喜喜的书，喜欢听童喜喜演讲。我也有同感。本书再一次给了我这种感受，主要有以下四个特点。

第一，内容具有很广的适用性。

内容能够满足读者的需求，大家爱读、大家想读、大家要读，这是对一本好书最基本的要求。作为一套书，当然更应该如此。

我在中国读完大学，又在美国教了三十多年的大学，无论中国还是美国，有一件事我深有感触。一直以来，特别是进入信息时代之后，书很多，文章更多，但并不是所有的书或文章都能吸引人们去读。国外真正有价值的教育著作也不多，从概念到概念的所谓文章和图书，只是抄来抄去，增加文字垃圾，不会有什么影响，更不会有什么积极作用。

尤其是当今的教育领域，在世界范围，都存在理论和实践脱节的巨大鸿沟。许多大学教授的教育理论，看上去挺好，但高高在上，难以深入实际，读者本就不多，更难落实到一线教育中。一线老师往往认为这些教学理论艰深难懂，无法应用，教师的专业发展因此受到限制，新的研究成果很难进入一线教学工作中。近些年，有观点提倡一线老师从事研究与写作，但一线老师受到客观条件限制，存在很多困难，出版教育专著的不多，一线实践者的写作水平通常也不太高。因此，实践工作者够不上理论工作者的理论高度，理论工作者难以切入实践工作者的工作实践。在教育中本应密切配合的双方很难沟通，这是全世界普遍存在的现象。

只有好的教育作品，才能填补专家与一线实践者的巨大鸿沟。童喜喜正是做出了这样的努力，她的作品确实填补了这个鸿沟。

童喜喜作为深入一线的专业教育研究者，特别懂得一线教师需要什么，能够迅速把高深的教育理念深入浅出地表达出来，能够把自己专业研究的知识贡献出来，把理论转换为专业技能性的指导，转化为教育方法，真正满足读者的需求。对于能够真正提高实战技能、专业素养的作品，广大一线教师是有很大需求的，本文集就充分满足了这些需求。

第二，叙事具有很深的启发性。

一本好书，应该具有启发性，能让读者有感想、有思考、有共鸣，甚至觉得感同身受。这不是每个作者都能做到的，尤其是教育作品，能够让读者感同身受的不多。但我相信，童喜喜的这套教育文集能够取得这样的效果。

纵观童喜喜的这套教育文集，其使用的创作手法就是叙事。童喜喜用自己非常拿手的讲故事手法、深度描述手法等，来进行教育的叙事研究。可以说，本作品是进行叙事研究的教育成果。

叙事研究是目前世界上正在大力提倡的教育研究方法。它把事件放在一个大背景下，观察事件、表达事件、反思事件、揭示事件，在所叙述的原有体验或原先研究的基础上，深入阐释，揭示事件背后的深刻意义，进一步总结归纳出理论或操作方法。

比如童喜喜的《智慧行动创造教育幸福》一书，就把新教育的"十大行动"，通过叙事手法，研究、分析、解释得非常到位，把十大行动真正落到实处，进行了条理化、系统化、操作化的梳理与总结，做得非常深、非常细，也非常务实，给出了非常方便的抓手。我当时就说，这是新教育实验十大行动的2.0版本，是十大行动指南。这也是这本书取得非常好的销售成绩并且获奖的原因。

童喜喜的这些著作，对叙事的手段运用得非常好。这些书里的叙事，几乎都可以作为我们教师专业发展中学习叙事研究的一个范本。因此，从这套书中，读者可以学到很多。

童喜喜所做的教育叙事研究是非常难能可贵的。她做的很多工作填补了许多教育研究的空白，也弥补了许多教育著作从概念到概念、从理论到理论，从而少有人问津的缺憾。她把高高在上的理论与一线教育的实际联系起来，让叙事研究深入浅出，把教育文章写得喜闻乐见，让教学方法变得清晰简洁，让一线教育工作者喜欢阅读、乐于实践，这就是这套文集对教育的杰出贡献。

第三，理论具有很强的深刻性。

有深度的作品才能耐人回味，激发人们深度思考，而深度思考当然离不开理论。

来自国外的理论概念，一般来说只有经过本土化改造，具有中国的文化背景，结合中国的教育实践，才能真正对现实有所激发，才真正具有深刻性。我们可以从童喜喜的文章里看到，对于一些理论，她并不是进行大段深奥的论述，而是用很通俗的语言来表达。

比如，童喜喜提出"同心圈"理论。

她在家庭教育中，运用了这个概念，来描述儿童与世界的关系：同心圈的中心是儿童。在儿童中心的周围，是家庭，是教育，是工作，是文化……这些外部的环境，一圈一圈地扩展出去。

　　她在新教育十大行动中，也用到这一概念。这时，是以行动为中心，到教室，到学校，到区域……这些行动的范围，也是一圈一圈地扩大。

　　童喜喜告诉我，图示应该直观反映思想理念，比如马斯洛的需求层次理论以同心圈表达比阶梯式表达更好，我认为很有道理。童喜喜的同心圈理论，用文学化的语言描述理论，实际上是用同心圈的概念来讲人与世界的关系。

　　换一种纯粹理论的语言来说，同心圈所说的就是生态学理论；从心理学的角度，就是心理生态学，也就是环境影响在孩子成长发育过程中所起的作用；从教育学的角度，就是教育生态学。如今国际上教育学者普遍认为，教育要做好，必须从家庭到学校，一层一层地往外扩展，这样才能把教育做好。

　　又比如，我在《新父母孕育新世界》一书中，看到童喜喜提出了一个很好的概念——"元家庭"。

　　元家庭这个概念的核心，是讲如何通过叙事手段进行记录，把家风、家教、家训、家庭精神在代际之间进行延续和发扬。如果用纯粹的理论语言来描述，我们能看到实际上就是社会资本与文化资本的理论。社会资本与文化资本的理论，正是研究这些社会关系，特别是家庭关系，怎么通过文化传承，来做到代际传承。

　　本作品提出的理论有着深刻的理论背景。作者提出的概念十分深刻，又是深深扎根在中国的基础上提炼而成的，因此，这些土生土长的概念能够促使人们深思，鼓舞人们行动。

　　第四，语言具有很大的感染性。

　　好的语言是跨越理论与实践鸿沟的桥梁。特别是从交流的角度来说，一定要有好的语言，才能更好地描述和解读，使人们能够准确理解作者的思考。

　　童喜喜有一种一般人没有的能力，那就是把很复杂的事情，用很精练、很到位、很传神的语言传递给教师、传递给父母、传递给孩子，能把深奥的道理说得通俗易懂。这不是一般教育人能做到的，也不是一般的作家擅长的。

　　童喜喜既有教育的思想与方法，又有作家的文笔。作家在语言上的功力成为她的优势，无论书的整体结构、文章的起承转合、标题的凝练传神，还是文字的张弛有度……都非常吸引人。

好的作品一定具有这些特征，而这些特征在本书里得到了清晰的体现。因此，我可以非常自信地说，这套书的出版一定会非常成功。

童喜喜就像一只小蜜蜂，采撷着教育一线的花粉，这套文集是从一线酿造出的教育蜜糖，也是为教育一线酿造的蜜糖。相信在未来，童喜喜会酿造更多蜜糖，给更多人带去更多惊喜，带去新教育的幸福，带去好教育的甜蜜。

序 言

张陵（著名评论家 原作家出版社总编辑）

她那颗文学之心永远在生活中跳动

一

　　童喜喜是一位优秀的儿童文学作家。这一次，她嘱我为她将要出版的诗集《你的好，我知道》写序，才知道她还是一个诗人。写诗的去写小说，写小说的去写诗，都是文学行当，没什么可深说的。只是在读她的诗的过程中，不知不觉激活了一些往事。

　　多年以前，我还在《文艺报》工作，曾参加湖北作协举办的湖北省青年作家研讨会。我承担了童喜喜的作品的读评任务，写了一篇评论《嘀嘀嘀》的文章。她的这部作品和我通常读到的儿童文学不一样，有自己的独到之处。主人公躲在成人世界里，像一个"特务"一样，不断把大人们的秘密传递给儿童世界。这个角度非常新颖，显示出作家把握儿童世界的独到能力和文学才华。那个时候，童喜喜创作的儿童文学作品还不是很多，但文学感觉已经相当老道。其实，在后来相当长的时期里，我对童喜喜一直有点愧疚。因为，她的另一部作品《影之翼》我没有读得太仔细。这部作品从儿童想象的视角看待和描写"南京大屠杀"这段民族悲惨的历史，就其写作动机和思想内涵，本应该得到更高一点的评价。当时在我的思想观念里，更倾向于不把成人世界的残忍、残酷在儿童文学里展现。现在看来，我当时的想法是对儿童文学美学的曲解。持这种看法的后果是直接影响到了我对《影之翼》的深刻性的认识。

以后很长时间没见到童喜喜。听说她转行搞教育，一度去山区当老师。我调到作家出版社工作后，重新组建了儿童文学编辑室，组织力量开发一些儿童文学产品。在开列作家名单时，我马上想到了童喜喜，并要求编辑尽快向她组稿。几天后，编辑向我报告，说童喜喜是一个畅销书作家，早被兄弟出版社抓得紧紧的，我们一时还插不上手。我这才知道，她已经很有名了，作品很受小读者们喜爱。虽然没组上她的稿，但我心里还是为她的进步感到高兴。很可惜，我不久后就退休了，没法在业务上继续追踪她。

有一天，我突然接到童喜喜的电话，邀请我去为一个中小学生的素质教育比赛当嘉宾。她还记得我，真让人高兴。于是我们又见了面。她还是当年的样子。儿童文学作家，通常变化不大，特别是心态。

二

坦率地说，读童喜喜的诗，又让我对她刮目相看。《你的好，我知道》收录的那些诗，和我通常读到的许多诗完全不一样。怎么不一样，一时还说不上来，是主题内容，还是思想内涵？是情感表达，还是意象组合？是速度节奏，还是时空变化？是艺术表现还是语言运用？好像是，好像又不是。不过直观比较，有一点是明确的。那就是，童喜喜的诗有自己的思想内涵，有自己的品质。那些专门写诗的人，诗都写得很顺畅，句子都像抹了油似的，很滑溜。童喜喜不是专业写诗的，句子没有加润滑剂，还没那么光滑，但很有生活的生气和质感，有沉沉的份量。也许，这比句子更重要。

需要了解一下童喜喜的生活，才能更好地品读她的诗。好在我手头有一本她的自传《十八年新生》，内容正好是写她这些年生活与文学创作关系的。可以借助这本书，梳理她的生存状态和精神状态，也知道这些诗是怎样从她心田里流出来的。

我注意到，童喜喜曾在湖北山区当过一阵子老师，进行文化教育扶贫。这段重要的人生经历，虽然时间不长，却对她的心灵触动很大，改变她很多。她从此知道，世界上有比文学更重要的事应该先去做。于是她将一门子心思投到教育事业中去，一干就是多少年，还自己独创了不少教育方法，提出了一些创新意识很强的教育理念，成了全国知名的教育专家。她在一些书中不断介绍的自己参与的"新教育"，我看了半天，也没弄懂。凭着一知半解，我想所谓"新教育"，大概是当今教育产业中的一个开发性、探索性、创新性的模式，是国家基础教育的补充。童喜喜在这方面投入了许多精力，在实践中掌握了一些规律，开始尝试建立自己的理论框架，干得欢实。其实，我一直把她当作家看。如果要评价她在教育方面的成果，我更看重的是她举办的"新孩子乡村阅读公益行"活动——为一百所乡村学校孩子们开设的阅读课。这是一项非常艰巨、非常了不起的公益事业。我没有看过她是怎么做的，但我知道，走进乡村，需要相当大的勇气，需要一个人有自觉的社会担当，需要有专业精神，需要吃苦耐劳的意志品质，更需要有爱心。不可思议的是，她都具备了。所以这项工作开展得有声有色，风生水起。文化扶贫不单单是做慈善事业，还是国家的文化战略。她以一个教育家坚强的意志和不灭的热情，以一个儿童文学作家纯洁的情怀和爱，为中国当代的反贫困斗争和乡村振兴做了自己应该做的事情。

她和我们每一个人一样，有热情、有理想、有追求、有幸福、有欢乐。当然也会有痛苦、有彷徨、有困惑、有挣扎、有失望。但是，和我们不一样的是，她的这些喜怒哀乐、悲欢离合，不是在大饭店、在酒吧、在休闲场所或者风景区里产生的，而是在艰苦的文化教育扶贫第一线，在现实生活奋斗中产生的。她的思想、精神、情怀，经受过这样的生活的考验，就比别人更有感悟、更有心得，也更有品质。于是，有了她的这些诗。一个作家、一个诗人的心伴随着火热的生活跳动着，谱出了她一首首心中的歌。

这就是她的诗的思想基础，就是她的诗的品质来源。我想，诗情这样产生，一定是真实的、信得过的、靠得住的。当代诗歌走到现在，颓唐气息越来越浓重，而她那些从生活中淬炼出的诗歌，带来一股清新的时代气息。

三

不敢说，童喜喜的诗就写得多么好，多么有成就。不过，可以说童喜喜写诗没有思想负担，没有心理阴影，这是她一个很突出的写诗姿态。当代多数诗人都专业化了，都慢慢形成了自己写诗的套路，但又总想通过各种技巧来掩饰这些套路。时间长了，就会不知不觉形成思想负担和心理阴影。童喜喜没有刻意要把自己当成一个诗人，她是一个作家，她懂得把生活中发现到的、感悟到的、捕捉到的诗意自然而然地变成诗句。她写诗是一种心情的放松，心灵的放飞。

如果一定要用什么概念来描述她的特点，我认为可以叫做：作家的诗。

这部诗集里，抒情主人公的形象就很有作家的气质。诗人尽情地抒怀，感悟到什么，就表达什么，自由自在、冲动奔放、信马由缰。实际上，在她的率真诗句下，流动着明确清晰的思想，是思想流支撑着、推动着诗意的展开。说得通俗一点，就是思想精神的内涵。这就是作家的思维在情感冲动里自然而然起作用。诗人的思维要更跳跃，会有更大的跨度，而作家的思维含有理性逻辑的潜意识，所以叫作家的诗。如《创造未来》这首诗中，每一个句子，每一个段落之间形成的关系，除了情绪之外，还有思绪。因此，这首诗的主题非常明确，反映出作家对她投身的事业的乐观态度。《你的好，我知道》这首诗应该说是这部诗集里比较重要的作品，读下来就会发现，作家的理性还是要重于诗情的展开。有时候，你觉得抒情主人公被一种情绪完全控制，但进入诗句关系后就会发现，作家感还时不时发挥效应，使作品带有明确的主题意向。这些作品节奏是诗的，意象组合方式却带着散文的意味。如《我爱恋每一天》《我爱你》《其实爱》，还能找到一些这样的诗作。

我更愿意说，作家意识渗入诗里，有机地组合诗意，是这部诗集的美学倾向和艺术特色。这些诗，当然是作家心灵里自然流淌出来的，是作家情感真实的反映。但是，作家的心里很清醒：这些诗是写给一群和她一起打拼事业的同仁朋友的，还有一群她的乡村小读者，还有亲人。这些诗都是向着她的读者抒怀的、言说的、倾诉的。因此，自然也不是个人情绪的无端宣泄以及语言的放纵，而是奔放中有节制，自由中有限度。有自己的个性，也给读者留出进入的空间。基于这样一个思想，她的诗歌作品，大家一读就懂、就能接受、就能交流，并获得诗歌的美感。这就是作家的意识、作家的责任、作家的感觉。当然，不论是诗人，还是作家，心中都要有读者，都要明确自己的作品必须和读者发生关系，才有意义和价值。在这个思想层面上，我欣赏童喜喜作诗的这种姿态。

就我个人审美趣味而言，还想提到她的一些诗作。如《孩子向前走着》这个情景，是诗人最为熟悉的，所以一下子就能捕捉到特征。诗不长，却很有味道。《我要远行》也是一首好的抒情诗，能感受到抒情主人公的胸怀情怀。《同一个秋天有不同》则带着诗意的忧伤。《你才是我的祖国呀》写于异国他乡，虽然短短几句，口语色彩重，情感表达却不俗。还有《你是我远远的远远的南方的海洋》，这首诗一反主人公较多的平静柔弱的抒情情调，融进了刚健宽广的个性含量。有些诗，意象比较具有思辨色彩，表现起来并不容易，但诗人仍然写得很好，把哲思的魅力表达得很完整，如《站在高山之巅思考》《你的模样就叫远方》。她的诗，还有许多好句子，《你的好，我知道》中"你的好，更像萤火，暗夜中悄悄绽放光芒，却又和光同尘，光而不耀"。《云朵在每一片土地上站立》中"人活世间，所谓的奔跑不过嬉戏，多少人如你，把劳作视为生命的善意"。《无法分割》中，"我无法将这一切分割，就像婴儿以为世界就是自己一样"。看似朴实平谈的诗句，读起来很有意味。

其实，我读童喜喜的诗，并不是每一首都读得很懂。就算读懂了，也不见得就能理解正确和准确。不过，她的诗的整体思想情感走向，还是能读出来的。童喜喜的诗，能读出昂扬向上的劲道，读出理性的激情，读出对世界的爱、对生活的爱、对亲人朋友的爱。如果从整体上去把握和理解，也能读出我们创造的时代的精气神。

四

关于童喜喜的诗，还可以展开许多话题。随着她的作品在读者中产生影响，话题可能会越来越深入。我很乐意把这些诗解读成童喜喜文学之心的情感表达。诗歌精神与文学精神本质上就是一回事。有一次，说起她现在的工作时，她对我说，其实心里还是想当作家，还是念念不忘文学。我在文学界工作了好几十年，慢慢磨掉了对文学的敬畏之心，没把文学看得那么神圣，只觉得文学不过是我们母语的一种形态，有些人会讲，有些人不会讲。作家，不过是懂得讲母语情感形态的那类人而已。现在，面对童喜喜的一片赤诚，我自己倒应该反思反思。

我们的母语，是世界上最古老、最丰富、最灿烂、最伟大的民族语言。因此，产生了我们民族古老、丰富、灿烂、伟大的文学，形成源远流长的文学传统。捍卫、继承和弘扬这个传统，不光是作家的事情，更是每一个人的事情。作家只是这种文化的传递者、火炬手，而我们每一个人、我们每一个人创造的生活，才是文学的生命源泉，才能汇成我们文学的历史长河。

从这个意义上说，每一个人都具有对自己母语感悟的潜质，都具有文学的潜质。把他们的潜质开掘出来，激发出来，使我们每一个母语的使用者内心和精神更加丰富、健康、更具有创造力，是我们文学教育基本的也是最高的职能。文学教育，应该被看作是和自己母语血脉相连的必修课，也是一个人在现实生活中获得的更高的感悟力、想象力以及精神品质的必修课。现在，越来越多人认识到文学教育的重要性，并积极主张应该从儿童时期就要抓起。

童喜喜显然是这个理念的积极倡导者和有力的推动者。她所组织的乡村学校阅读活动，一定是文学教育的理念在儿童阅读中的生动实践。作家搞文学教育的优势，别人无法取代。她在相当长的时期内放弃写畅销书，不辞劳苦、全身心地投身组织乡村儿童阅读工作，甚至探索创造了"说写课程"这种有效的读写方式来帮助孩子们。看得出，她在文学教育方面相当用心，下了大功夫。她的责任、她的爱心、她的精神、她的奉献，都融进了她的心血里。相信她工作过的这一百个乡村学校的孩子们，一定会记住她的好。这些在幼小心灵早早埋下文学种子的孩子们，长大后，不一定要当作家当诗人，但他们一定会更敬畏我们的母语，也一定会更敬畏伟大的文学作品和文学传统。无论他们做什么，文学的种子一定会在他们心里开出美丽的情感思想的花朵。如果这样，我们的文学教育的目的就达到了。

我对文学教育是外行，不知这样理解童喜喜的文学教育，说得对不对。不管怎样理解，我都会说，像她这样的作家，像她这样的文学教育工作者应该更多一些。愿她这颗文学之心永远在生活中跳动，愿她带出来的孩子们都能获得和她一样的文学之心。

目录

第一辑　致教师　创造未来

创造未来　.025

你的好，我知道　.027

信　.030

辛苦啦，早上的花　.031

因信重生　.033

致我心中的教育　.034

领读的邀请函　.036

领读者的黎明　.038

我们这些远方的人　.040

花和娃娃　.041

孩子向前走着　.042

我的诗　.043

罕台夜感　.045

相信生命　.047

存在　.048

我　.050

一路　.051

林中另外的路　.052

那些路　.054

我要远行 .055

当我在远方向你呼喊 .057

你才是我的祖国呀 .059

每颗心都是不灭的火种 .060

我们改善 .062

第二辑　致友人　关于铠甲的约定

有人在冬夜街头 .067

如果给我一间教室 .068

致外婆 .071

人人都有外婆 .074

当飓风成为翅膀 .076

七夕，无鹊之桥 .078

无 .079

致伯伯：所有的房子 .080

偶感 .082

我的朋友们死了 .084

关于铠甲的约定 .086

此去经年 .088

天空的花园里 .090

云朵在每一片土地上站立 .091

纸船 .093

你的声音能传多远 .095

你自己的歌 .097

你的爱 .098

林昭 .099

念林昭：我的传奇只剩一个尾声 .100

在世间耕耘 .101

致榜样 .102

视诗如归 .104

柳的生日 .106

安静是雪花的歌声 .108

只要是风 .109

致种子教师 Q .111

有时候我几乎绝望了 .113

答友人：我没有任何想要忘掉的痛苦 .115

第三辑　致生活　我爱恋每一天

生气勃勃 .119

当我知道有人爱我 .120

我的爱 .121

我爱恋每一天 .122

我爱你 .123

其实爱 .125

貌美如瓜 .126

梦里看海 .127

北京今天小雪 .128

珍惜 .129

一秒想念 .130

听心 .131

心上景 .132

偶然 .133

你是我的秘密之所 .134

全世界静默 .135

无题 .136

我的幸福 .137

笑和叫 .138

孤零零，笑嘻嘻 .139

岸的航行 .140

我静坐在你对面 .141

雪走的路 .142

大眼睛桥 .143

一场大雨 .144

我看到 .145

碎片 .146

你是我远远的远远的南方的海洋 .147

该死的免战牌 .148

这一切都是你的 .149

每 .150

我难于忍受离别 .151

所见 .152

四天 .153

非常正常 .155

一颗星 .156

立冬 .157

世界黄昏 .158

仿古二首 .159

马年屁歌 .160

打油话青春 .161

像穷孩子一样爱你 .162

虽然你不是老母鸡 .163

我们的童话很简单 .164

第四辑 致命运 必须歌唱

在命运无风的日子里 .167

我愿爱得像月亮一样 .169

必须歌唱 .170

歌唱 .171

无乡可愁 .172

夜雪 .173

同一个秋天的不同 .174

站在高山之巅思考 .175

无法分割 .177

工作和生活 .179

天空只在旷野之上 .180

回答 .181

她 .182

点点 .183

风中火 .184

等 .185

心锚或者心航 .186

逃亡也是生命的远征 .187

我最后的铠甲 .188

征服 .189

我（其一） .190

我（其二） .191

天地有我 .192

来吧，我不怕 .193

他们 .195

我已准备好我的心 .197

远方 .198

分别 .199

我在这里 .200

伤口 .201

火 .202

山顶 .203

天上之天 .204

黑暗的歌者 .206

诞生是自由的终结 .207

我与我的时间 .208

泪 .209

碎诗 .210

以沉默歌唱 .211

永远向着光 .212

沉潜之夜 .213

永无之地 .214

从来都没有远方 .215

你不知一颗小小的心脏的骄傲 .216

我喜欢 .217

忧伤在奔跑 .218

今天就是昨天的明天　.219

竭尽全力　.220

我才不要金子般的心　.221

听说梦想无处栖身　.222

他们说秋天收获成功　.223

你的模样就叫远方　.224

后记　歌唱自己的生命　.227

第一辑　致教师　创造未来

创造未来

天地玄黄，你在何处见过未来？
宇宙洪荒，你在何时有过未来？
浩瀚的未知啊，嘲讽着人类的短暂存在，
茫茫人海，谁不是一粒小小尘埃？

大河冰封，苍茫大地还有白雪皑皑，
万物凋零，狂风怒吼着要把天窗打开。
昨天已经过去，明天正在到来，
活在现在，我们何不创造未来？

朝朝暮暮，白发不改鲜血的颜色，
因缘际会，我们相聚在现在。
今天就是你一生最年轻的一天，
亲爱的你啊，我们何不一起创造未来？

未来的人们，和今天的我们一样，
满怀希望，又满怀无奈……
今天的我们，和未来的人们一样，
在满怀恐惧中把幸福期待……

于是，总有不同的声音告诉我：

她，决定我的未来。

于是，我只好以行动，让她重新看个明白。

哪怕她真的一句顶一万句，

我也会笑着，第一万零一次将谎言修改。

我知道，我在创造我的未来。

小小人间，哪有什么成功失败？

抛弃那弱肉强食的丛林之法吧，

创造者只需自我挑战，热血就足够澎湃！

我深深相信，我们的未来，正因我们而来。

看看吧，春桃冬梅，四季都能花开不败！

我们行动着，但，并不为了他们的评定，

重新爱上自己吧，让我们为明天的自己喝彩！

说吧，清醒地陈述，不要做沉默的大多数！

写吧，真诚地记录，无限绽放短暂一生的精彩！

说吧！写吧！以说写，无限喜悦地创造吧！

人的生命，正在于——享受此刻，创造未来！

（2017 年 11 月 3 日 14：10）

你的好，我知道

——赠 2017 新教育萤火虫之夏暨种子教师研训营的与会伙伴们

是我站在舞台中央吗？
不！请看吧，仔细看看自己。
看一看，我从人群之中，
终于找到你。

他们都说你平凡，普通，
似乎没人看见，你身上的美好，
你深深藏着，甚至藏到把自己的美好都忘掉……
可是，你的好，我知道。

我知道，风曾吹进三尺讲台，拂干你的汗水；
我知道，你的笑容，曾把孩子们照耀；
我知道，你为自己的每一次成长自豪；
也知道，你为了祖国的每一点进步，由衷骄傲。

我知道，你的迷惘，无助；
知道生老病死，苦痛孤独，
一直绵延不绝把你撕咬。
我知道，越是需要你帮助的人，

起初，越是会逃离甚至反对你。

我还知道，奋力进取时，一定有人说你追名逐利，

当你从不计较，又会被讥讽为人生没有目标……

你的委屈，你的好，我都知道。

可我并不甘心只有我知道。

所以，我才守候在这里，

在命运拐弯的路口，

希望从此陪着你奔跑。

是的，所以我一度以为能帮助你，

为此我全力以赴。

我真的已经拼尽全力……

我这才发现，对不起，

我的行动，无力得简直可笑……

但是，敬爱的老师，我选择的同路的人啊，

我还是要再一次告诉你：

你的好，有我知道。

我亲爱的朋友，亲爱的伙伴，亲爱的你啊，

我会在有生之年，一次又一次告诉你：

你的好，我知道！

你的好，就像清泉，曾突破泥土的围剿！

你的好，就像烈火，注定要燃烧！

你的好，更像萤火，暗夜中悄悄绽放光芒，

却又和光同尘，光而不耀。

其实，你的好，人们都会知道。

我更清楚一件事：我和他人，都不重要！

根本在于：你的好——你，应该知道！

抛开自鸣得意的自满，

把自得其乐的自足，忘情拥抱！

对照着昨天的自己，一天又一天，步步向前，

幸福不外求，翱翔在棋局之上，为自我挑战而自豪！

就以自身微弱的光芒，担负起茫茫黑夜吧，

哪怕孤独一人，生命也应该美好，

何况你我如此相遇，就让我们足够亲近，从而彼此照耀！

相信吧，请无限相信新的你——

你的独立思考，正在把新的精神家园筑造！

行动吧，亲爱的伙伴，请你行动吧！

行动的光和热，终将点燃明天的拂晓！

你的好，我们知道，世界更知道！

世界因为你，正是因为你，日益美好！

信

我唯一知道的就是我的无知。

——苏格拉底

我说的每一句话，
可能都是错误的。
唯一确保的正确，
是激发你思索以确立自我。
我不拯救你，我只表达我。
你是对的，
终究，你会是对的。请你信你，
如同，我信我。

辛苦啦，早上的花

辛苦啦，早上的花！
过了一夜，你还好吗？
你的笑脸如期而至，
人间攘攘，风云变幻，
你是永远的朝霞。

辛苦啦，早上的花！
天空和大地一样黑暗时，
你是否也会害怕？
你有没有感到委屈，
未盛开时，没人把你牵挂？

辛苦啦，早上的花！
每一株小草都有芬芳，
小小蚂蚁也会拼命打架，
盲人自然无法看见颜色……
你的使命，只是成为一朵花。

辛苦啦，早上的花！
请继续心花怒放吧。

他们说花开花谢才是实话，
你要记得继续提醒自己：
秋冬之后，总有春夏。

辛苦啦，早上的花！
不要忘记你的伙伴呀，
泪花，雪花，天地不仁……
记住你能从泥土中献出美好，
请一定要欢欢喜喜地长大。

（2019 年 8 月 9 日 7：55）

因信重生

我要真挚地满怀深情地将您歌颂，
语言风暴，源源不绝，席卷终生。

我在痴痴将您奉承，
犹如教徒将整个世界交付予神灵。

我信您将长成我信的奇迹，
犹如风雕琢万物。
我信，爱因信生，我因您生；
您，因我信而重生。

致我心中的教育

我要把您的声音捕捉，
一声一声种进地里。
天空之上，阳光永无边际，
汗水的雨露滴落时，
您的声音穿透了大地。

人们乐于向着声音顶礼，
您则悄悄搬离。
脚步从大地迈向空中，
煌煌未来您在拔节中尽收眼底。
沿着您的脚印，
一个个的明天成为一个个的今天。
我跋涉着，从此不再问归期。

这个冬季有太多故事蛰伏已久。
我在枯树下读书，
晨风中似乎传来您的半声叹息。
人们背起行囊张望，
辽阔的晨曦，
只照亮那面猎猎作响的旗。

教育，想到您时我就会想到自己。
其实我是热血淋漓的谜，
融汇一线奔涌而来的汗水泪水，
洪流漩涡中继续狂奔，
您操持见证这一场场生之洗礼。

教育是一个巨大的奇迹，
人类由此成为自己。
喧哗永远响彻在书本中，
沉默的脚烙印着泥地。
有人远远看见，
说那叫，天梯。

领读的邀请函

我不在乎你姓甚名谁，
我想知道，你是否曾经热泪盈眶？
我不关心你的身份头衔，
只想知道，你是否还愿意追逐心中梦想？

我不关心你为何身在此处，只想知道，
当你四处奔跑，双腿疲倦，心中彷徨，
当四周冷眼如箭，把你的灵魂洞穿，
当背叛的冰雹，把你砸入阴冷的深渊，
当悲伤和绝望痛彻入骨，
当你哭到无声再哭，
那个时候，是什么支撑着你前行？
那个时候，是否你的心，还能和一本又一本好书共舞？
那个时候，你能否再次爬起来，
疯子一般，为生活付出？
傻子一般，为他人领读？

我想知道，世界喧嚣，成功的鲜花环绕，
你还能否与孤独共处？
每时每刻，你是否享受阅读？

我想知道，失败如影随形，山峰遥不可及，

无尽的跋涉，只在深谷留下孤寂的回声，

你是否敢与我一起并肩前行，凛然不怵？

时光的烈火，正在焚毁一切丑陋美好，

我想知道，你是否愿意和我一起拥抱美好，在烈火中起舞？

让我们相伴起舞，彼此温暖，把澎湃热血注入到世界深处，

因为，我们准备领读！

让我们继续奔跑，穿越丛林，拥抱风云雷电，万事万物，

因为，我们正在领读！

迎面走来的死亡，让我们发现自己存在的意义，

今天，我亲爱的朋友啊，

我关心你的阅读，只是为了关心：你是否幸福？

亲爱的领读者们，你幸福吗？

因为，只有幸福，才能传播幸福！

当黑夜笼罩……

来吧！让我们自己发光！

当身陷泥泞……

来吧！来吧！让我们心灵飞翔！

我希望你幸福，不，我是需要你幸福！

作为领读者，我们的使命正是创造未来！创造幸福！

领读者的黎明

领读，是引领他人吗？

不，领读者是在把自己的人生提升。

领读，

是拯救他人吗？

不，领读者是在让自己的灵魂觉醒！

领读者爱书，

看着命运的雷声，

怎样在字里行间翻滚，激荡，回响。

领读者爱人，

爱那茫茫人海之中，

一张张陌生的脸庞，绝望与希望……

领读者，是精神的暴风！

摧枯拉朽，以不绝的书声，

把尘埃一次次涤荡。

领读者，是心灵的船长！

把深深的眷恋化作低声嘱咐，

稳舵起航，乘风破浪。

真的秋天，

从来不必说话，

只是把红的心果挂满枝头。

安静的领读者啊，

从一人到人人，

在秋天，我汇聚成我们……

此时的领读者啊，

让我们用阅读倾听吧，

人类已有无数伟大的灵魂，

穿越千秋万代，

到今天，平和地发出声音。

此刻的领读者啊，

让我们以智慧共舞吧，

越过祖国的千山万水相聚，

相信而不迷信，

在今天，我们就是黎明！

（2017 年 9 月 29 日 6 : 49）

我们这些远方的人

我们这些远方的人呵，不再有远方。

我们的脚下已是梦想，

我们在大地上游荡，

我们在呼啸的风之中，

我们在狂暴的沉默之中。

我们呵！我们在你之中。

而你，又在哪里？

花和娃娃

这朵花，那朵花，
开放在天涯。
一朵昙花，藏身高楼大厦，
一朵蔷薇，小木屋边欢笑，
一朵百合，黑与白的优雅。
我多么有爱啊，
多么想去找那些花。

男娃娃，女娃娃，
泥泞中的娃娃。
父母离家，冷漠的娃娃。
没有兄妹，孤独的娃娃。
太多关注，重压着娃娃。
我守着娃娃，
心里种着那些花。

孩子向前走着

一个孩子向前走着，
找着自己。

孩子看见一棵草，
以为草是自己。

孩子看见一朵花，
以为花是自己。

孩子看见新的人儿，
以为他是自己。

孩子看见此岸，
摇曳水波里有个自己。

沿途漫漫，万物都见自己；
彼岸遥遥，自己永在水里。

我的诗

他们常常怪我爱笑,
却不知道我也爱哭。
在无人的黑夜哭过的心,
才知道能够勉强笑出自己是多么幸福。

我不是不懂黑暗,
我去过你从未抵达的深渊,
困顿已久,听到你的哭泣。
亲爱的,因为你的泪水,
那晶莹成为我唯一的光明。

我俩置身不同的枯井,
当年华老去,岁月默默继续变深。
你说你懂得黑暗,
何不让我们的心,
往草原飞奔?

我们携手,在草原奔跑,
花草在笑,鸟儿歌唱。
我们将重返草原,

泥土深处藏着我们的宿命。

如果花草在阴冷的黑暗中绽放，
如果鸟儿从无边的黑夜处起飞，
为什么我们就不能，
对着黑暗，傲然歌唱光明？

亲爱的，我知道你咏叹的黑暗，
而你埋头于黑暗，从不听我的诉说。
你因咏叹，缓缓流淌的泪，
恰是我，恰是我们，寻求的光明。
放心哭吧，大声歌唱，
只要我们不用歌唱黑暗，换取幸福。

无法走进彼此的孤独，
走进的只是彼此的痛苦。
何不让呻吟成为惹你发笑的歌声，
我要为听到笑声而庆幸。

罕台夜感

冷的光映着窗外无叶的枝，
已是灰的雪。
没有暖气的房间，
这是罕台。
我爱，
我在。

或许，语言之光
将我们照耀在百年后的他们。
或许，时间让现实的空洞，
幻为呓语的空灵。
可我们生活在此刻，
只在，
现在。

钢的校，
崛起于现实荒漠，
你，百炼成柔。
岁月静好，一切更好。

现在，

罕台。

（2011 年 4 月 2 日 1：12）

相信生命

如果你是一粒种子，
我就相信，
奇迹的发生。

你怎么不是一粒种子呢？
站在我面前，
你已经是生命。

存在

跋涉，跋涉，
我仰望，
你在高空。

苦飞至空中，
垂首，
你正扎根于地。

傻傻寻找，
不见你，不见你。
只见，
一阵风吻了云彩。
于是，一朵云彩牵手另一朵云彩，
一滴泪润了花朵。
于是，一朵花诱惑另一朵花开。

流连，留恋，
我不再找寻。
却见你，

于沙粒苍穹，于时间空白；

于此，于彼，

盈盈满心，无处不在。

我

——担任新教育副理事长、副院长有感

我的灵魂有无数个模样，
我的身体还没有准备好用哪一个。
我是我所有的身份，
唯独不是我。

（2015 年 7 月 13 日 20∶19）

一路

小桥现奔马，狂风，静花。
十一朵流云凝成山峦，
恋恋长路，暖暖天涯。

多少次心的碰撞，
炽热终成璀璨；
多少双眼的冷望，
淬火百炼为钢。

振翼衔群星，寒月，暖洋。
黑夜惦念黎明的浅笑，
荆棘之上，春天怒放。

林中另外的路

林中有两条路，

我发现了第三条。

这里的蝴蝶掀起海啸，

这里的萤火振翅逍遥，

这里的昙花暮暮朝朝，

这里的鸟儿，以天空为巢。

他们说在丛林里，

只有两条路，

迷路的我误闯第三条。

可是，看啊，我前方的人们，

各自都有大道。

生如萤火问候长夜，

倾情燃烧却光而不耀。

林中有两条路，

我选择了第三条。

这里的劳作叫幸福，

这里的泪水叫欢笑，

这里的沉默叫觉醒，

这里的生命，以奔跑舞蹈。

（2018 年 4 月 13 日 23∶52）

那些路

有时，
我能清晰地重新看见那些路。
芬芳的青草旁的路，
水润的喷泉旁的路，
黎明的路，
黄昏的路，
行人漠然走过，
匆匆的都市的路。
还有一条路，
沿着雨水从天上来，
混着此间尘埃，
漫漫泥泞的征途。
我只是重新看见这些路，
心的路用双脚踩实，
借雨歌唱，
借风飞翔。
成为一条路，
从此间，
再返天上。

我要远行

海洋上的冰山正被暖风蒸腾，
你们正被时光侵蚀，病痛缠身。
原来，我的爱还有无能为力之事，
不能使白发闪耀出青春。

我能为您做什么？
我爱的你们！
怎么能任这天命的泪水流淌，
怎么能由这岁月的阴影放任！

我能为您做什么？
我能为您做什么……

有一条路，
我能为你们去探索。
飞往那宇宙深处，
寻觅时光之河的源头。

我能将那些伟大的灵魂责问，
为何那里让他们如此沉醉，流连忘归？

我一定能将那个世界捣毁，
让所有逃离的日子，乖乖重返。

不要拉扯我吧，不要牵绊我，
远程的行囊怎能携带这沉重的肉身。
我保证一定再回来，因为，
让你们成为永恒的永恒，才是我的使命。

那时，或许你们不能再见我此刻的容貌，
但你们定能记得我的笑声。
草木葳蕤，花香萦绕。
你们幸福，世界就好。

当我在远方向你呼喊

当我在远方向你呼喊，
亲爱的你啊，其实我在你身旁。
我要再一次告诉你，
我愿爱你，像月亮一样。

我站过你站立的那片土地，
我彷徨过你的彷徨，
我知道梦想与现实之间的裂缝，
你忧伤着我的忧伤。

我早听说，任何外在的呼唤，
都不会成为一个人内心觉醒的力量。
我却听见，在我、在你、在他心灵深处回响，
已经成为合唱。

亲爱的你啊，我亲爱的朋友。
我比你更加相信你的明亮，
我比你更清晰地看见你的明天，
在那时光的远方。

我要像月亮一样爱你，

但凡一线可能，

也要如镰锋般示以微弱的光，

催你怒放，灿如朝阳。

我只能像月亮一样爱你，

好在那并不是远方，

因为我在你心上。

远方，是我们共同创造的故乡。

你才是我的祖国呀

爱人，才是我的祖国，
是我血中的血，灵魂深处的灵魂。
我的祖国不是那块土地，
更不是人世棋局的名利纷纭。

我从每一片破碎的镜子看到自己，
为了我总会悲泣：过饱的大餐，鞋里的沙粒……
爱人，是我幸福的不竭源泉。
自洪荒中传来的回响：爱人，爱世人。

（美国东部时间 2018 年 4 月 20 日 9：49）

每颗心都是不灭的火种 、

每颗心，都是不灭的火种！
我！他！你！
心中的火，或者悄悄，或者熊熊！
我！他！你！
每颗心，都是不灭的火种！

我的心，是不灭的火种。
一路燃烧，从文学奔往教育，
终到这里，相见，相聚，我与你和他，相同。

他的心，也是不灭的火种。
人海茫茫，擦肩而过时，微笑与泪水，
幸福，委屈，伤痛，都与你我相同。

你的心，更是不灭的火种！
从此处启程，归途，顺风？逆风？
你，就是力量！殊途同归，你我他，和而不同。

每颗心，都是不灭的火种！
我，他，你，创造自己唯一的人生，

我们心为火种，欢欢喜喜，从从容容。

有人问：为什么幸福？
我们笑着回答：每颗心，都是不灭的火种！
燃烧吧，燃烧吧！
笑对死亡，辛勤劳作，痛快生活！
因为，每颗心，都是不灭的火种！

（2019 年 7 月 18 日 16：05）

我们改善

（一）

我们改善。
这，不是一句话。
这是我们的承诺！

我们改善。
这，不是一句承诺。
这是我们心中不灭的火！

今天，我们终于相遇，
是火种，就该燃烧！
明天，我们还会相伴，
生如萤火，幸福生活！

就这样改善，
以信！以行！以课！
有他！有你！有我！
就这样改善，
以智！以爱！以歌！

有他！有你！有我！

这是我们的信念之火，
这不是一句承诺。
我们，改善！

这是我们以行动承诺，
这不是一句话。
我们，改善！

（2018 年 8 月 13 日 9：19）

（二）

我们改善。
今天，在这充满爱的日子里，
我们以智慧放歌！

我们改善。
今天，在这一年一度的相聚里，
我们以离别开拓！

谁可以改善？
我们——是你！是他！更是我！
每一个我啊，只盼耕耘，不问收获！

绝望后希望！现实中梦想！
这是我们选择的方向！
我们，必须改善！

萤火因振翅发光，讲台如天地翱翔，
这是我们行动的方式！
我们，正在改善！

（2018 年 8 月 17 日 10：02）

第二辑　致友人 关于铠甲的约定

有人在冬夜街头

——致拾荒者

因为你在这里，
所以我没有绝望的资格。
我的泪只是浅的水，
你若流泪，
定是酽酽血滴。

为了避免沦入你的境地，
人们拼命向前奔跑，恐惧至极。
伤口并非来自途中的毒虫猛兽，
而是源于彼此间的碰撞，
乃至恶意的践踏。

你端坐于人生的寒夜里，
他人废弃的一切筑起你的国度。
我不知和你擦肩还是并肩，
亦或是你中有我，我中有你。
唯愿严冬中世人皆如你平静有力。

（2017 年 12 月 20 日 23：49）

如果给我一间教室

——献给不识字的外婆

如果给我一间教室，
我脚下的土地，
就是我的祖国！
是啊，泥泞油黑，
可是，耕耘者，有我！
种出最美的花，
育出最甜的果！

如果给我一间教室，
我身边的人们，
都是我的萤火！
是的，太渺小，太微弱，
可是，来吧！照亮我！
志强必智达，
言信而行果！

在这间教室里，
黑与白，美与丑，善与恶，
是我，都是我。

我是万物！万物有我！

把根扎到人性深处，

拔节，以泪为雨，滋养欢笑；

拔节，因拔节痛楚高歌！

如果给我一间教室，

亲爱的人们啊！

大人，孩子，黑色、白色、黄色的人们啊，

你们从不认识我。

然而，你们，才是我的祖国！

从每一个人中，我看见我！

就这样吧——

天地一教室！

暴风、烈火，谈何寂寞！

那就在这间教室里，

从我，到我们，

终成自我！

自由地劳作！

自如地生活！

来！来吧！创造未来吧！

让时间，让人类，去收获！

（2017年1月7日22：29）

附：如果给我一间教室

如果给我一间教室，

我脚下这片土地，
就是我的祖国。

如果给我一间教室，
我要像一只鸟儿，
筑个幸福小窝。

教室里往来的人，
孩子、父母、同事，
他们每一个人，
都是我。

教室周围发生的事，
无论古今，中国、外国，
那每一件事，
都叫生活。

致外婆

感情是天上来的吧？
否则为什么，
明明知道会分别的啊。
泪水像雨水那样，
从天上来。

您是天上来的吧？
否则为什么，
会有那样的美丽慈爱，
临行还带走人间一份，
刻骨悲哀。

天上来又回到天上，
有什么哭的呢？
一别 58 年的丈夫，
会看见您 32 岁的风韵，
还是 90 岁的光彩。

可是……
感情就是从天上来的吧，

明明知道会分别的啊。

泪水像雨水那样，

从天上来。

您爱我，

我爱您。

开始我因为您爱我而爱您，

后来我，用您给的爱去爱大家。

您给我的爱，

我都送到了他人心里，

《嘭嘭嘭》！

我的外婆，

别忘了我就是您笑过的，

说我"作家？捉鬼哟"的那个小孩。

您在天上就识字了吧，

那您赶快乖乖读一读我写的书。

我准备听他们的，

节哀，节哀。

只是……

感情就是从天上来的吧，

明明知道会分别的啊。

泪水像雨水那样，

从天上来。

因为，

感情就是从天上来的吧，

明明知道会分别的啊。

因为您到了天上，

不是悲哀，是爱，是爱，是爱。

汹涌澎湃，因您而来。

人人都有外婆

我知道每个人都有外婆，
也知道每个人的外婆都会去世。
可是直到我的外婆走了，
我才知道没有外婆的滋味是什么。

如果你的外婆还活着，
你一定要帮我好好爱她。
多给她钱，即使她肯定不花；
多陪她一会儿，哪怕说说废话；
带她出门旅游，她就会变年轻。
她其实就是一个孩子，
傻乎乎又乐呵呵。
记得告诉你的外婆，
爱她的人有许许多多，
其中也包括我。

如果你的外婆也走了，
你也不要太伤心，
因为我们的外婆很勇敢，
在人生长路上帮我们探索。

想想看，我们现在走过的路，
都是外婆已经走过的。
哪怕再多的伤心也有外婆，
再多的快乐也别忘了外婆。
要记得好好爱自己，
也要多多爱大家，
就像你的外婆一直爱你那样，
就像无论如何外婆都那么爱我。

当飓风成为翅膀

当飓风成为你的翅膀，
你唯一的方向，
不再是东南西北，
而是飞翔！
飞翔！飞翔！
穿越丛林，抵达他方！

当飓风成为你的翅膀，
你唯一的命运，
不再是在大地上游荡，
而是成长！
成长！成长！
信如灯塔，永放光芒！

没有人知道飓风，
其实是一个小小的姑娘。
那一年我在河边偶然遇见，
从乡村启程到万水千山，
一直陪伴我身旁。

人们想知道飓风，
怎样成为飓风的模样。
为什么星空撒下一路碎片，
和着黑暗和泪水，
还能映照出喜悦的脸庞。

所有人都能拥有飓风，
只要像飓风一样，
自己成为自己的力量，
放下所有行囊走遍四方。

当飓风成为我们的翅膀，
我们唯一的选择，
不再是为昨天哀伤，
而是怒放！
怒放！怒放！
坚定如山，情若汪洋！

当飓风成为我们的翅膀，
我们唯一的声音，
不再是低吟轻叹，
而是歌唱！
歌唱！歌唱！
摇曳日月！颠覆时光！

（2018 年 11 月 4 日 12：07）

七夕，无鹊之桥

七夕，今天是七夕，

是否星星会透露天上的秘密？

多少天人知晓你们的传奇？

多少天人懂得你们的善良和顽皮？

你们第一次在天上度过七夕，

是否会因我欢聚在一起？

是否还存在不同国家？

是否语言上还需要翻译？

你们是否在云海上逍遥行走？

你们是否会收到我的信息？

你们如何再次警告我的错误？

你们再如何回答我离奇的问题？

七夕，无鹊之桥早已搭起。

我们不说永别了，好吗？

你们的生死不属于你们自己，

快回来和我们好好商议！

（2019 年 8 月 7 日 7：05）

无

一位朋友离世，
意味着我，
一段精神生命的彻底死亡。
朋友是精神上的家人，
家人是生活中的朋友。
因朋友告别迷惘，
因告别朋友凄怆。

（2019 年 3 月 7 日 5：52）

致伯伯：所有的房子

所有的房子都是自己的。
走进一间房子，
走进一片被遮蔽的天地，
失去一部分自由，
得到相应的保护。
所有的房子都是自己的，
只要我们走进去。

所有的房子都是别人的。
我们拥有的永远只有天空，
天，空无所有，
这才是我们的唯一拥有。
我们筑造所有的房子，
我们路过所有的房子，
我们路过我们筑造的房子。
最终我们在天空，
看着我们所筑造的那些房子。

所有的房子是这个世界的，
这个世界在冷冷地孤独地默默地运转。

所有的房子都是每个人的，
每个人都在，
热切地沸腾地四处奔走。
所有的一切，
这所有的一切都属于所有，
只要你愿意在此时此刻，
睁开眼睛，打开你的心。

（2019 年 5 月 12 日 8：24）

偶感

题记：和《教师月刊》主编、华东师范大学出版社北京分社副社长林茶居老师短信谈约稿。说着说着我去处理其他事，时隔31个小时后才回复。虽然我对短信、微信的看和回历来缓慢，但慢到这种程度，厚颜得都汗颜了。林老师却有妙答："时光深处总有长久的回声。"

古有"一字师"，今有"一句师"。近来虚无，林老师一言赐教，感喟不已。

时光深处总有长久的回声，
就像母亲的叮咛，
总是童年里最温暖的声音；
就像我们无数次把美好，
一次又一次重温；
就像我们在此时此刻，
只能含着眼泪启程。
在所有的五月，鲜花将继续怒放，
我们也将继续失去，
失去我们的朋友和亲人。
可时光深处总有长久的回声，
我们一次又一次把这些声音，
种入心底，让泪水映照阳光，

从大地向着天空，烈烈升腾。

（2019 年 5 月 14 日 19：54）

我的朋友们死了

题记：我爱我的亲人，我好好爱着。我爱我的朋友，却更多是得到了朋友的爱和帮助，还不自知。每当想起这些年我在无关紧要的事上浪费了那么多时间，却没有真正和我的朋友们尽情相处，这种痛苦随着时光流逝与日俱增。谨以文字悼念我在天国的朋友们。

其实我不相信天国，可我的心就是你们在我这里的天国。我会好好照顾心之天国里的你们，永远珍惜。永远，永远。

我对任何事，
毫无感情。
爱与痛，
只为大地上，
奔波的朋友们。

每当我想到一件事，
想做却没能做，
我才发现，
他死了。

每当我想到一句话，
想说却无人说，

我才想到，
他死了。

每当我想写那本书，
想写却无法写，
我才醒悟，
她死了。

我突然泪如泉涌，
因为朋友（竟然）死去了，
而我竟然还活着。

我的朋友们，
死了，
死去了啊，
我的一部分！

我对任何土地，
都毫无感情，
爱与痛，
都只为大地上，
奔走的人。

（2019 年 7 月 29 日 11：55）

关于铠甲的约定

我不要穿上铠甲，
即使人们烙上伟大的图腾；
我不要穿上铠甲，
即使那会让我无比强大。

只有柔软才能拥抱，
我要拥我的、抱住我的，全部灵魂。
我要在路的拐弯处，拥抱你。
我要让万事万物在怀中融化。

我不会穿上铠甲，
哪怕沙场骨枯，哪怕万箭齐发；
哪怕人声鼎沸，黑白颠倒，四季远离；
哪怕眼里只有咸的泪花。

我还是会轻轻敲开你的门，
嘭嘭嘭！
我看过外面的世界有一点点黑，
可我在这里，你不要害怕。

我不要穿上我的铠甲，

以冷漠所向披靡。

这一夜，我们继续相约吧，

温暖他人如春，你我炽热如夏。

此去经年

人类太老，
每个人都小。
在茫茫人海里，
每一次疯狂行走，
都如海藻在水中奔跑。

我们太老，
人类还太小。
在亘古时光里，
每一点人性进化，
都经历千万次的动摇。

我们和他人之间，
每个人和人类之间，
相距每分每秒。
思维跑不过光速，
科学正把情感铸造。

死亡太老，
而生命还小。

在生死临界点，

每一个生命，

离开时都留下问号。

地球太老，

而宇宙还小。

在浩瀚混沌里，

每一个存在，

都尝试以今天微笑。

（2019 年 11 月 24 日 12：00 于 MU5632 航班上）

天空的花园里

云朵是蓝天的花，

昨夜还在幽谷，

清晨就到了天之涯。

烈日灼灼的艳丽的花，

朗月幽幽的清雅的花，

群星闪闪的璀璨的花。

天空的花园里，

只有云朵在流浪，

轻风中舒展，暴雨里奔跑，朝阳下灿烂。

云朵，静默的云朵，

一路开着柔软的花。

云朵在每一片土地上站立

你知道你踩着的那片绿地，
那里有着怎样的鲜花和荆棘？
你知道你辉映着的太阳？
在夜里又拥有怎样的星海与云霾？

在每一片绿地之下，
都埋着森森白骨。
在过去的每一个瞬间，
都有着无尽的吵闹和欢喜。

在每一片阳光之下，
仍然沉睡着冰冷的心，
暗夜里又悄悄燃起希望，
再一次泛起暖意。

童年的压抑，
凝为成年的苦痛焦灼，
争斗的漫漫丛林中，
鲜花被多少人视为武器？

人活世间，

所谓奔跑不过嬉戏。

多少人如你，

把劳作视为命运的善意？

你知道你所站立的那一片绿地，

肉身之墓，心灵家园，精神高地。

人类血肉滋养万物，生生不息，

这，正是我们以追寻创造的意义。

（2018 年 8 月 5 日 7 ：50）

纸船

人们，
总说那浩瀚的威严的神秘的海洋，
总说那巨舰驰骋奔往红日，
总说自己的心如何乘风破浪。

她，
却只是用一张张雪白的纸，
叠出，一艘又一艘船，
只有溪水铮淙相迎。

那是心愿的使者，
每艘船上都住着一片破碎的心，
在夜的漩涡里悄悄挨近，
终被月色凝聚。

在潋滟的波光里嬉戏，
甚至融为一体。
万物本为一物，她悄声说，
水花却在眼里泛起涟漪。

在小溪拐角，
命运睁着清澈的眼睛，
纸船满载着孩子的欢呼声前进。
因为，船的使命就是远行。

毫无预料的幸福，
来了，人们觉得这简直不可能。
她只是沉醉于和孩子们，
让一艘艘纸船航行，
却发现，海洋是小溪的延伸。

你的声音能传多远

你的声音能传多远，

不想去八方，只往一人心上。

于是，卑怯的小鱼开始将嘴微张。

热泪之潮，波涛开端永是轻漾。

有多少翅膀聆听过你的笑，

有多少夜色能懂你的伤，

有多少星曾伴你冉冉，

有多少脚印，渐渐渐渐，指向远方。

你的声音能传多远，

欢呼中你静静，微笑、伫立。

如树，如山，暴风雕琢你的模样；

如泉，如雪，不断用今天将昨天涤荡。

以蚁之微，累积巨人身体；

以冰之纯，淬出炽热传奇。

我从不去想，

你的声音能传多远。

声音在哪里，我们去往哪里。

旷野、荒原，草木葱茏，万物来来往往。

新时光，总在你身上。

你自己的歌

——读朱永新老师微博里的晨诵有感

为什么？你唱自己的歌，

不论有没有人和。

你用心唱着自己的歌，

在每个早晨和黄昏，

有机会更是整天唱个不停。

只有潮声伴奏时，

你唱得专注投入。

当人们围拢，

高声赞美你的这一次演出，

你轻声说，

你一直在唱练习曲。

练习着，

练习着，

你自己的歌，

大小孩子以幸福来和。

你的爱

不是阳光，是月光，
在每个白昼隐没。
万籁俱寂，黑暗如伤，
悄然出现在我身旁，
一片四海汪洋。

不是玫瑰，是蔷薇，
我在清澈的温存里悄然绽放，
淋漓，肆意，旷野的芬芳。
怒放，怒放，
一派风雨里的娇艳。

林昭

林木昭昭，何其妖娆！
窈窕赤子，英魂杳杳。
自由无价，生命有涯。
宁为玉碎，以殉中华。
无光之夜，践其所信。
九转不悔，慷慨血音。
她恕豺狼，得以永生。
不才我辈，何日同行？

念林昭：我的传奇只剩一个尾声

有的名字，
知晓后就永不会遗忘，
有如暗夜中唯一的光亮。

有的人生，
不因时日有限而泯灭光芒，
有如蜂弃甜美报以生命之枪。
有的道路，
寻觅光明就会走至绝望，
只能用来世的眼寻找方向。

有的女子，
多年后仍有人供奉于心上，
有如皎月不由自主地辉映阳光。

在世间耕耘

——致同心同行者

我要在这片土地上耕耘，
这不是我的土地。
人到世间，只是过客；
人在世间，无处皈依。

我要在这片土地上耕耘，
这是我们的土地。
我们到世间，赤诚可见；
我们在世间，并肩相依。

致榜样

谢谢你，我的榜样。

谢谢你引我入世，
让生命尽可能发光。
谢谢你督促我坚持，
让我目睹水滴石穿的力量。
谢谢你教我勤奋，
每一天用一件事自强。
谢谢你的谦逊，
让我懂得怎样不被荣耀所伤。
谢谢你力行忍耐，
让我见证剑鞘如何保护锋芒。
谢谢你引导我内省，
永远寻找自己的缺点。
谢谢你令我超然，
哪怕居住于泥潭之上。

常常哭，常常笑；
绝望和希望，现实与梦想。
谢谢你给我的一切，

毫无疑问，你是我的榜样。

我知道，我不会成为你，
而这正是你最美好的地方。
我努力让自己成为自己，
而这才是教育最伟大的地方。

我希望让每一个生命，都绽放光芒。
我希望让每一个生命，都拥抱觉醒的力量。
我希望让每一个生命，生生不息，喜悦而坚强。
我希望让世界，恢复它应有的模样。

我知道，我希望的一切，
都不会在我的生命之中实现。
但是，没关系，
因为榜样已在前方。

视诗如归

题记：

　　"花王解语"老师说："今天培训的晨诵诗结束了。技术流和情感派的交融让我受益无穷，我也要努力挑战自己，请喜喜赐诗吧，我视诗如归。"

你说你视诗如归，
可是，诗又是什么？

是发黄的典籍里，
远古的回声？
是油墨的芳香中，
澎湃的文字？
是嘀哒的键盘外，
浩瀚的网络？

人们说诗来自生活，
那么，生活又是什么？

有人说诗意地栖居，
有人说真金出自烈火。
所有先哲，

都度过和拥有了他们的人生。

众说纷纭的流水线上，

我如何创造我的生活？

苍穹浩渺，来自自我。

寻寻觅觅，归于自我。

我视我如归，我归于我……

我有了新的问题。

我，又是什么？

柳的生日

垂柳的垂首，
不是因为胆怯，
是满怀谦逊地低头。

杨柳的飞舞，
不是张扬自我，
是书写一路温柔。

折了五千年的柳，
不是为了离别，
是用分开定义守候。

等了两年的相见，
不是源自冷漠，
心儿早因梦想邂逅。

在广袤的原野上，
那一株柳，
已成新的路标。

无惧四季更迭，

永远忠于明天的呼唤，

朝朝暮暮，柔韧坚守。

安静是雪花的歌声

每一朵雪花，
都是一颗柔软的钻石，
生就绝不重复的晶莹。

每一朵雪花，
都是一位安静的舞者，
以笑容拥抱着寒冷。

所有的雪花，
都是安静的。
最安静的那朵雪花，
跳着最喜悦的舞蹈，
因为舞蹈是雪花的使命，
就像安静是雪花的歌声。

（2018 年 10 月 23 日 19：05）

只要是风

风的方向是远方，
每一阵以咆哮呜咽，
每一秒以奔跑行走。
风儿匆匆，
天说，远方很远；
地说，前路茫茫。

此刻，
请停驻；
此时此刻，
请为我停留。

看，看你，
你这一丝小小的风儿，
在绝望后希望，
在碰撞里坚强，
在汇聚中强壮。
终于，
从罅隙悄悄突围。

远方就在脚下，

暗夜更显微光。

人们说，

北方山林的轻风，

也会掀起南方海洋的巨浪。

因为，

只要是风，

就注定摧枯拉朽地成长。

致种子教师 Q

如果知道昨晚到今晨，
有个世界以粉碎为尘而哭泣，
你是否会回来，我的兄弟？
你是否会明白，众神从未来过？
我们在这条路上并肩而行，
我、她、他，互为神灵，
热爱对方而温暖自己。
我，我们，热爱你。

鸦群秘密占据天空，
干涸的大地弯着枯瘦的背脊。
黑翼后，光明碎裂为星，
只敢在白昼露出灿烂笑脸。
而我，看见了你的背影，我的兄弟，
看着迎向你的荆棘上，
必将怒放热血滋养的花，

而我，而我！而我——
我在这里！
前不久我这样骄傲地宣布，

如一棵树宣称拥有天空与土地。
今天才懂得，我原来不能与任何人同行，
我竟然只能在这里，
我只能，站在这里。
只能，数着，数着，数着，雨滴……

从此祝福中藏着呜咽，
从此桥西、常州、西安、杭州，
四地都以沉默叹息。
从此我们挥舞各自的镰刀，
不是收割，而是和自己决斗。
在我迎来失败的这一刻，
我把亘古的希望统统兑换为祝福，
送给你，兄弟。
愿心因离别强韧，生因放弃有力。

有时候我几乎绝望了

有时候我几乎绝望了，
盈眶的热泪，
让我燃烧，
绝望中希望……

有时候我几乎死去了，
伙伴的热血，
把我淬炼，
去焚毁死亡……

有时候我真想成为自己，
亲朋在天国，
为我照亮，
以灵魂翱翔……

到最后我们仍然是我们！
把他人放在心上，
把脚下视为远方，
把异乡作为故乡，
把呐喊变成歌唱！

来吧！我们行动吧！

何不把这抔黄土，

深耕为希望！

（2019 年 8 月 15 日 19：48）

答友人：我没有任何想要忘掉的痛苦

题记：

　　朋友从大洋彼岸突然提出一个问题：你有想要忘掉的痛苦么？

我没有任何想要忘掉的痛苦，

我希望把所有痛苦都牢牢记住。

童年的创伤和少年的彷徨，

失去所爱的悲伤恐惧，

仰望精神之峰的自我怀疑，

亲历黑白颠倒，见证美好孤独。

不，

我不想忘记任何痛苦。

我不想忘记任何痛苦，

不曾遗忘，不代表继续痛苦，

更不意味着报复。

每一次痛苦都是一次冷静的提醒，

珍惜和创造都需要智慧加持；

每一次痛苦都是对我的一次雕塑，

循着所谓命运的鬼斧神工，

清晰看见初心与来处。

哲人说参差百态是幸福本源，

百态必然包括痛苦。

既然痛苦和幸福，

必须并蒂才能花开，

再见我的朋友，

去尽情拥抱幸福吧，

请把我留在这里陪伴痛苦。

如果可能，

我愿把人类的所有痛苦，

都牢牢记住。

第三辑 致生活 我爱恋每一天

生气勃勃

喂！生活！看我们的吧。
我们每天都生气勃勃！
那天有人说我开始变得冷漠，
我气愤地说：就算冷漠，我也是凝固的火！

热爱工作？
是的，是的，我们忙得生气勃勃。
生气勃勃？
嗯，是的，有时会对世界生气……

告诉你吧，世界——
体验再多痛苦、疲累、困顿、黑暗、不公……
只要一息尚存，
我们都会生气——勃勃！

生气勃勃地，生气！
生气勃勃地，生活！

当我知道有人爱我

当我知道有人爱我，
爱情，对我不再重要。
我在田野间嬉戏，
天地间漫索，
脚踩每颗星星，
任黑暗将我笼罩。

在光亮里睡去，醒来，
深深的美与叹息；
在沉溺中死去，醒来，
一次又一次，痴醉于万物。
当我知道有人爱我，
爱情，对我并不重要。

我的爱

我有许多许多的爱，
来吧，亲爱的人们，
拿走你们各自想要的。
我是收割后的土地，
一无所有更能创造未来。

我还有爱，
开始就已经用灵魂献祭。
一滴血、一滴泪、一滴汗，
我的祭司守护我的祭品，
以生命守卫存在。

一个爱催生许多爱，
爱的福杯，
默默，脉脉，满怀。

我爱恋每一天

我爱恋这每一天。

天幕微启，晨曦明净；

黄昏，黄昏的甜美的缠绵；

阳光朗朗的金黄；

雨丝眷眷，雨滴轻叩。

哪怕直到黑暗，

由所有颜色组成了黑暗。

每一寸黑暗里酣睡着一粒种子，

告别发生在种子上的昨天，

黑暗是种子最爱的今天，

希望的名字叫，明天。

昨天，今天，明天，

我爱恋，爱恋这每一天。

我爱你

太累啦。

真是好累呀。

不过，想到有人需要我，

天南地北，那么多人，

我就想：我是幸福的。

你呢？你累吗？

没人爱你的时候，

你可以找我。

虽然我很累了，

可我的幸福有那么多。

不管你是大人、孩子，

男的、女的，

不管你是富翁、乞丐，

黑色、白色、黄色，

不管你身在何方，

在做什么……

每一个你，

都应该有一份爱。

我爱你。

我爱着所有最初的你，

就像我是今天刚出生的我。

（2018 年 3 月 18 日 12：35）

其实爱

其实，我是爱你的。
就像星星，
漫天自由穿行，
却眷恋着那一轮月亮。

其实，我是很爱你的。
就像月亮，
纵然朝暮别离，
却满心折射太阳的光芒。

其实，我爱你，
只有一句话才能形容，
那就是——
我爱你就像你爱我一样。

貌美如瓜

你看，我们都貌美如瓜。
没有了幼苗的娇嫩，
放弃了花朵的艳丽，
圆滚滚的，朴素无华，
一肚子甜美，美如瓜。
秋天来了，万物瑟瑟，
无边落木萧萧下。
而你而我而她，
就在此时此刻对视，
做着分享前的最后一次检查。
看看我们，是不是貌美如瓜？

梦里看海

梦里,
偷偷看海。
潮水的云雾,
无声涌来。
小英雄的背影,
天边的祭司,
无色花朵,
在浪中行走。
如星如月永隔光年,
如日如夜回旋不败,
如朝如暮分秒紧依,
如泣如诉沉默盛开。
秋的北方之城,
夜雨如海。

北京今天小雪

你轻轻地笑了，
笑的涟漪震动空气。
沉甸冰冷的雨滴，
顿时化作雪花，
在午间飞翔。

你轻轻笑了一声，
声音暖暖直达心底。
干涸绝望的灵魂，
终于莹润为雪，
在人间展翼。

珍惜

疏离就是珍惜。
蜜蜂远远，
凝望最后一滴花蜜。

沉默就是珍惜。
青山郁郁，
守望仅有那片土地。

圣洁在珍惜。
月光皎皎，
辉映群星闪烁。

凡间有珍惜。
光束静静，
照亮尘埃顽皮。

一秒想念

有时候，怔怔，
会有一秒钟的想念，
如一粒旧尘时光，
藉由眼内水滴，
放大于眼前。
我已没有太多时间，
人潮裹挟里，
只得一秒的想念。
我看到沙子聚为花朵，
在阳光下唱着歌；
看到河流回旋，
终点与起点团圆；
我看到北极拥抱赤道而笑，
冰与火交融。
我看到我在远方，
我慢慢只能走向我。
我只能有一秒去想念，
就像，
昨天在想念明天。
站在当下这一瞬，
我只有一秒想念。

听心

你听见我的心了吗？
喧嚣里微弱的呼声，
有如夏夜黄昏发出半句呻吟，
有如风暴来临前，飞鸟衔住的云层。
我从遥远里听到悄然回应，
呼吸似海潮般绵延不尽。

心上景

何处风光，
比得上心尖的一点。
那一星明亮，
凝聚着造物的爱与哀愁。

寂寂的眼睛汹涌澎湃，
如月华激荡起全世界的潮水。
四季在瞬间同在，
炽热酷寒交替之间无止尽地沉溺。
孤单的风穿过漫漫岁月，
终于由唇间倾倒一空。

何处风光，
比得上怀念的一点。
那一星记忆，
牵系着全部的爱与哀愁。

偶然

风遇见了云，
天空绽放花朵；
雨拥抱大地，
以生命相融相和。
高山凛然巍峨，
河流婉转起落。
同一条长路，
无法守候，无须守候。
长亭连短亭，
脚印浅浅深深，
万物晏晏而歌。

你是我的秘密之所

那是幽暗丛林，
那是惟一一角，
聚集全世界最温柔的光。
无名的鸟儿无声滑翔，
蚂蚁在巢穴里安睡。
只有蔷薇，
一朵小小蔷薇，
在最后的小片绿地上，
放声歌唱。

那是狂暴海洋，
那是无尽无休的排浪，
火山自深渊爆发后沉寂。
那是冰冷无氧的世界中央，
有串泡泡诞生自海浪，
一只细菌悠游其间，
空阔剔透的住所，
朝夕曼妙光芒，
生生相依，甜蜜得安详。

全世界静默

世界十分静默，
温柔的静默。
金鱼悠悠划过绿泥的沼泽，
蓝天上开放着白云的花朵。

明天是冰河，
暗流涌动。
而今天，
今天是秋天，
金黄的热烈的秋天。
狂暴的干爽的光，
闲坐世界中央，
温柔地静默。

无题

有时我像已经死亡，
死亡在你心上。
在密密的温存里窒息，
你却又将我推向阳光。

我无法自控地在阳光下成长，
风霜雷电，毫发无伤。
当月亮低眉，
再次叫我去往你的心房。

我的幸福

严冬暮阳，
雪花从窗缝穿过。
蝶翼上的粉，
火中飞蛾，
我的幸福如此脆薄。

笑和叫

一个人的尖叫，
是另一个人的欢笑。
风过松，听吧！
林声涛涛。
一群人相会，
藏起一颗心的寂寥。
问，开心吗？
静静地，
你只是，笑了一笑。

孤零零，笑嘻嘻

当我懂了一些我不懂的事，

那些我懂得的事，

我又不懂了。

这么无知的我，

站在这里，

孤零零，笑嘻嘻。

无知是一种顽疾，

与生俱来，挥之不去。

那么，无知的我，

站在这里，

孤零零，笑嘻嘻。

岸的航行

夜色的潮汐汹涌，
背影融入时光河流。
舰启航，
岸张望，
前行，一分一秒，刹那光年；
舰回望，
岸远航，
相随，无声的拥抱，静静在绵延。
一直就在身边，
永远，永远，永远，直至永远。

我静坐在你对面

我静坐在你对面，
或者，静悄悄地靠在你身边。
蝴蝶酣睡在花蕊里，
云朵在夜的窗前。

雪走的路

天空与大地之间，
以雪相连；
白昼与黑夜之间，
以雪相连。
在这个雪夜，
雪，在空中跑着步，
雪白了这条路，
暖了笑靥。

你和我之间，
以这条雪的路相连。
从天走向地，
从昼走向夜，
从白走向黑。
一路说笑，
从纯洁走向纯洁。

大眼睛桥

本是道寂寂的水流，
从这头，到那头；
因这条悠悠的虹线，
从此岸，到彼岸。
于是这脉脉的眼睛，
你看过，我看过。
一路上紧紧握着手，
梦里头，心里头。

一场大雨

一场大雨旷日持久，
缘自一朵乌云，
对一滴露珠的问候。
大地以丛林舞蹈，
山峦以狂风奔走，
大雨烈烈，旷日持久。

我看到

我看到，
一只蚂蚁，
在干净的水泥地上，
奔忙。
天赐神粮，
神不必食，
凡人不得食。
世间蚁，
永是饥荒。

碎片

旷漠的风向城奔袭，
镰月收割群星，
水泥丛林，葳蕤似春。

鹰醒得比悬崖更早，
羽翼划破星辰，
切割出饱满的黎明。

你是我远远的远远的南方的海洋

你是我远远的远远的南方的海洋。
南方的海洋，我的温暖的海洋啊，从未希望的希望。

荒原的暴风千里奔赴，
化作海上轻旋，咽声吟唱。
你的怀抱是永恒的黑，
每夜亲临，每日苏醒。

风沉睡，风枯萎。
风，风！
涟漪吻过海水。

鸥群击碎波浪，
闪电撕裂，照亮。
万丈深渊寂寥狂暴，
海滩永是淡淡轻漾。
你是我远远的远远的南方的海洋。

该死的免战牌

高挂，才是低头；
免战，不能免死。

太多人哭诉，我只是冷笑。
想逃，更是死路一条。

这一切都是你的

这一切都是你的！
这一切，都是你的。
风中的雨，飘忽的天空，
狂乱的心和无云的夜。
这一切，都是你的。

每

每袋饼干里，
每张旧的脸，
每个新的魂，
碎裂的声音。

每盒牛奶里，
每条暗的河，
每道心的口，
呜咽的声音。

每座都市里，
每双尖的脚，
每条窄的路，
挣扎的声音。

每间宾馆里，
每张旧的床，
每个新的人，
过去的声音。

（改写于2011年3月23日）

我难于忍受离别

我难于忍受离别，
心的鱼被抛出水面。
恨不能重返相见之前，
还能怀念，怀恋。

从暴风到烟雨绵延，
从狂热到沉潜，
不知如何改变，改变。

我恨爱，恨不相爱。
恨一切永不如昨天。

所见

我该把你，
深藏在心里。
高举心尖的那一点，
于心灵之上，
于星空之上，
于宇宙之巅？
我见，我爱，
阳光不及的灿烂，
月光不及的温润，
你的笑颜。
我更爱的却是，
你宁静的，宁静的，宁静的，
看着我的，你那宁静的双眼。

四天

四条河鱼游向海洋，
不知长成什么模样，
已知的是最终死亡。

咸的水，并非全是忧伤。
日月刺透深蓝海水，
在墨绿海草上泛着光芒。

明的天，绝非希望。
过去万簇箭发
洞穿记忆的海洋。

四条时间的河鱼，
缓缓，游向记忆的海洋。
海洋边缘，万仞绝壁，瀑出希望。

四条记忆的河鱼，
安安静静，游向希望的海洋。
悬崖之下，粉碎过往，毫发无伤。

四条希望的河鱼，

欢欢喜喜，游向绝望的海洋。

深潭之心，无声拥抱，亘古沉寂，

只留暗礁枯贝，

在夜风里低吟浅唱。

（7 月 11 日 8：19）

非常正常

我看见，
看见月的正常，星的正常；
看见正常的灰暗，
淹没非常的悲伤；
看见无泪无笑；
看见遥远从远方走到我身旁。

我看见雨和雷，
看见闪电从窗外探进半张脸。
而我看见风暴在平息，
看见所有过去的碎片，
都无声飘向荒凉。

不再呼唤阳光，
既然太阳之子亦无法将我点亮。

一颗星

我是小冥王星，
不知为何，
被逐出天庭。
年年月月天天，
默默旋转，
因为现在，
我就是我的家园。

立冬

立冬后，
夏天过去了。

夏天总在秋里缠绵，
南方，北方，不同温度。
渐凉的风与金色的阳光，
果实累累的枝头，
无边的地平线，
永远行走，永远遥望。

立冬后，
夏天过去了。

最初的落叶已消解，
谷仓一半充盈，一半荒凉。
大地袒露褐色胸膛，
草与虫蜷缩躲藏。
冬天刚刚开始，
这一季，是死亡。

世界黄昏

世界黄昏，
欢喜的衣裳包裹哀伤。
一只蚂蚁放弃努力，
不再试图翻越自己的身体。
星光，星光，
近灯如远星，
甜蜜惊慌绝望。

诸神打盹的苍穹尽头，
星球翻滚，昼与夜靠近，
黄昏是昼与夜亲吻的一瞬。
大地，大地，

时间欲言又止，
宇宙寂寂无声。

仿古二首

其一

大睡如小死，大醉如小死，大别如小死，大恸如小死。小死连小死，薄命如薄纸。纸由病茧生，石阵枯青藤。滴滴以绛珠，空空现天命。

其二

心心又念念，相见如未见。离离愁何消？盈盈泪笑间。本非同根生，亦无藤树连。传道道迢迢，松梅遥并肩。心心常相念，未见如相见。

马年屁歌

如果你想拍马屁，一定时常要练习。
力道大小有讲究，节奏快慢得注意。
上下左右需周全，千万别忘有马蹄。
偶有失手别着急，不要抛弃不放弃。
当然有人会生气，那你更得笑嘻嘻，
夸人不爱被马屁，这种马屁最无敌！
如果有人还不拍，那是他们嫉妒你。
此人拍了有何用？不如闭目来休息。
勤学苦练积累多，关键时刻鼓勇气。
行动一定有收获，坚持必然见奇迹！

打油话青春

何谓已经老去？
何为此刻年轻？
若是人生百年，
五十仅过半程。
十八不幸夭折，
九岁就该警醒。
古今中外人等，
除非自戕自杀，
处处黄土默默，
生死何曾由人？
劝君听我一笑，
打油诗魂苏醒。
学生才是永恒，
一生学着新生！

（2017 年 9 月 21 日 17：10）

像穷孩子一样爱你

像穷孩子爱冰淇淋一样爱你。
傻傻看着，
看你从冷酷坚硬的固体，
缓缓流淌成温柔的甜蜜，
啊呜，慌张大口吃进肚里。

爱你，像穷孩子爱捡到的那盘棋。
兵是你，帅是你，猪头大将也是你。
我的心是忽大忽小的棋盘，
任你马走"田"字将出宫，
蛮不讲理，横冲直撞，
南北东西，全是你占据的领地。

虽然你不是老母鸡

躲在你的胳膊下面可以吗?
虽然你不是老母鸡。

从开始,
你是我最后的防线。
躲在你身后,我开始有胆量,
与全世界为敌。

如果别人对你说任何坏话,
我都会用身体挡着你,
我最亲的爱人,我最善良的弟弟。

我们的童话很简单

我们的童话蛮简单，
王子和公主的恋爱故事早被人讲完。
谁都知道他们后来过着幸福的生活，
却不知道，
南瓜车被煮后美滋滋地吃掉，
小老鼠变成了快乐的一窝，
最华丽的衣服是滑溜溜的油腻围裙。
而那著名的水晶鞋，
一直用来敲打你那总是犯错的脑壳。

第四辑　致命运　必须歌唱

在命运无风的日子里

来吧，来吧！
既然命运无风，
就让我们现在启航，
用速度，撞出风浪。

走吧，走吧，
人生并不是一个竞技场。
我们能拥有的一切，
不过是内心折射的荣光。

看啊，
这忙忙碌碌的一生，
就像浪花穿行在海上。
来自海，又沉溺于海，
万事万物终归于海洋。

所以，在命运无风的日子里，
来吧，让我们自己成为风浪！
这里，那里，都一样，
全都是一片海洋。

昨天，今天，都一样，
全都是最好的时光。
天空，大地，都一样，
全都是大海遥远的异乡。
故乡，异乡，都一样，
全都是我心上的地方。

我愿爱得像月亮一样

等我翻越过这座山峰，
我就会回头张望。
无论你是否站在老地方，
甚至把天空遗忘。

艳阳烈烈的日子，
请你尽情享用丰美的人生吧。
我在另一端忙碌，
也会衷心为你祝福。

我愿爱得像月亮一样，
不计圆缺，光而不耀，
让需要的人们，
永远，永远，只看见光芒。

必须歌唱

你是幸福的，
你要为了幸福歌唱；
你会痛苦的，
你要因为痛苦而歌唱。
歌唱，歌唱，尽情歌唱。
哪怕是最后的歌喉，
也要向着明天歌唱。
生的尽头是歌唱，
而不是死亡，将生命点亮。
死神一直默默地以他的方式歌唱，
而我们终将在此，相遇，
把绝望歌唱为希望。
歌唱，
因为旅途的人们需要歌声；
歌唱，
也因为害怕黑暗的人必须勇敢前往光明。
用自己的声音穿越黑暗，
那歌声，就成了后来的人寻觅的方向。

歌唱

土地以花朵歌唱，
悲伤以泪水歌唱，
云朵以雨滴歌唱，
森林以轻风歌唱。

冷漠以距离歌唱，
绝望以沉默歌唱。
人人都在歌唱，
只有歌唱不想歌唱。

歌唱自己的模样，
才是世界的模样。
没有悲伤也没有希望，
这里就是他人的远方。
他人也就和自己一样，
那样不过是这样。

无乡可愁

从异乡回到故乡，
故乡才是异乡，
从此无处再供遥望、张望、期望。
汗水并着泪水，
流淌三千丈。
土地陌生，
谷子里寄生着虫卵，
午夜的风声呜咽。
异乡的阳光金灿灿，
故乡的月光白茫茫，
无乡可愁，
故乡早是异乡。

夜雪

夜雪，白了世界。
是谁细心，
包裹每粒尘埃。
怎样的勇气，
向大地纵身一跃，
生命，
以纯洁起舞；
包容，
让污垢纯洁。
众神沉默的日子，
原想，以黑暗代替沉默。
夜雪，白了世界。

同一个秋天的不同

秋天的大雁，
远在天边叮咛一声，
急急飞向了南国的温暖。

秋天的叶子，
向着枝头叮咛一声，
轻轻跳出最后的舞蹈。

秋天的谷穗，
对着大地叮咛一声，
美美地做起种子饱满的梦。

秋天的人呵，
扯着梦想询问一声，
不知该把哪粒种子留给春天。

站在高山之巅思考

让我们站在高山之巅思考！
那里的星夜分外璀璨，
那里的空气分外甘冽，
那里的白云分外妖娆，
那里最接近永恒之殿，
在那里的所思所想，
格外纯净，美妙。

站在高山之巅的人啊，
请不要忘记看一眼山腰。
想那路上跋涉的人们，
身陷此山的困扰。
那鞋里的一粒细沙，
也会造成挥之不去的苦痛，
孤独疲惫之兽，
更是从未放过对任何人的撕咬。

所有高山上的人啊，
是否遗忘大地才是高山的依靠？
但看无垠之中，

地球之巅又高达几毫？

高山上的思考所得，

来自富饶的头脑，

还是来自耕耘中奔跑的双脚？

站在大山之上的思考，

是自赞当下之高，

还是探那永不可及的浩渺？

贫与富，美与丑，谦与傲。

是是非非，起起落落，

一切终归一抔黄土。

只见苍茫间，飞鸟衔箭，

万里晴空，无悔最逍遥。

展翼者思考，无须着痕处，

跋涉者远征，常寻同路人。

高山低谷，皆莫若，相视一笑。

（2017 年 9 月 21 日 18：53）

无法分割

当我不想思考人类，
只想思考中国。
然而我又怎么可能，
把中国从人类之中分割。
来自大西洋的飓风，
掀起这边的风浪。
从当下至永恒，
一只蝴蝶生生不息，
以生命扇动翅膀。

当我不想考虑他人，
我只想考虑我。
可是我又怎么可能，
把我和他人分割。
爱我的伙伴给我力量，
伤我的人们赠我翅膀。
从珍惜到成长，
每一个他人，
都在我的身旁。

我无法将这一切分割，

就像婴儿以为世界就是自己一样。

（2017 年 9 月 21 日 17：49）

工作和生活

工作辛苦的时候，
就换上粉红色的柔软上衣，
累到一肚子气，
还可以涂上黑色指甲油来叛逆。
总而言之，
哪怕是最讨厌的工作，
我们都有无数方法，
在心里笑嘻嘻。
工作吧，亲爱的伙伴，
工作就是行动，
为了所爱的人工作，
或为了所爱的工作。
无论如何我们要牢记，
工作不是为了生活，
工作本身就是生活。
现在的工作创造明天更好的生活，
此刻最美的工作就是今天的生活。
正是为了这一切，
我们行动着。

（2017 年 9 月 21 日 16：33）

天空只在旷野之上

我过着别人的生活，
目光的碎片拼就了我。

我看我赤脚的来路，
却在泥泞曲折的远方。
现在哪里？
要去哪里？
我孤身站在天空之上，
从水泥的大漠出发，
似星星萤火在宇宙中流浪。

回答

不客气，
我是文学，
你是生活。

没关系，
我提炼着你，
你孕育着我。

殊途同归，
从不同视角的殊途，
同归一个人的寂寞。

暮暮朝朝，
更迭中静静守候，
我中有你，你中有我。

她

她排山倒海地涌来了，
我佝偻着蹲下也无力抗拒。
浮士德的感叹是每个乐观者的梦魇，
而我的悲伤来自人生空茫。
因这空而装下了万物，
因这茫而辽阔无疆。
我不知道怎么会走上这条人迹罕至的路，
路的尽头，看见了你，
把终点又变成起点。

点点

每一天，多一点点。

一点点，又一点点。

一点点的祝愿，

一点点的心酸，

一点点甘之如饴的甜，

一点点的思念，

一点又一点。

到了你在的天边，

坚持，一天一点点。

世界，就是这样，

一天天，筑造；

一点点，改变。

风中火

还有什么要说的呢？

那团火，

正在风中。

将人间丛林的一切干柴，

添进火里，

抵挡最终的虚无。

一切的相遇、泪水，

祈求而来的厮守，

凝固的痛苦。

还有什么能说的呢？

大风里，

静静看那团生命的火。

等

等待是相聚的一部分，
正如别离是厮守的一部分，
人类恐惧着生的一部分是死亡，
焉知死的一部分不是促成着新生？

死去的一个个昨天，
就让它们静静团聚吧。
所有今天都是脱落蛹的昨天，
是月光轻诉对阳光的眷恋。

心锚或者心航

我会向前走的，
即使我不愿意
时间之河也会推着我向前。
随波逐流或者乘风破浪，
最终是同一个方向。
所谓的景色不同，
只是途中遭遇的脸庞，
在心海里倒映出的风光。
亲爱的人啊，
我们在河中偶然相遇，
谁能判断那沉溺的时刻，
是心锚重重落下，
还是心的新起航？

逃亡也是生命的远征

心的长征，
比脚下的路更长；
时光的长征，
比怀念的目光更长。
两万五千里，
只因最后的成功而被反转；
征战的血汗泪，
从未因失败镌刻在沙场上。
却有楚霸王，
用傲骨把江东父老的心刺伤。

我最后的铠甲

我最后的铠甲，
再见，再见。
当我把你轻轻放下，
不知你会不会随风而唱，
和喜鹊叽叽喳喳。

当我失去最后的铠甲，
世界啊，世界，
你平静如故。
怀抱中是淋漓的鲜血，
还是正在融化的冰雪？

卸下我的铠甲，
我的铠甲啊，铠甲。
分别后你不要害怕。
白茫茫一片大地，
你的胸膛将是小草与鲜花的家。

征服

剑拔弩张的战场，
血与火的征服，
还有一种，
以沉默征服。

你以单纯的执著征服，
你以智慧的勤奋征服。
人们艳羡你的幸运，
却不知征服者的力量。

你以天真的愚蠢征服，
你以温柔的恐惧征服。
是的，你征服我已久，
我还不知道你的力量。

征服者必然与命运剑拔弩张，
从此力量拥有同一个方向。
看不见征服者的脸庞，
只见汗滴如雨处，
万物静默生长。

我（其一）

我就是诗，
万物下的意象，
全是我。

我就是理论，
万事下的根茎，
全是我。

我就是小说，
万人下的侧面，
全是我。

我是一切，
一切是我。
尘世万物，
可泣则可歌。

我，你可知，
只因有你，
只愿为你，
放歌。

我（其二）

我的祭司以沉默保护上苍，
从此我独自由此处走向八荒。
厨房的水龙头的涟漪引发海啸，
一条河鱼宿命地游向海洋。

我对他者秘密毫无兴趣，
只朝向自己忠诚的皈依，
只以我的脚去丈量，
只向您遥遥致意。

我在哪里？我在哪里？
站在这天空这大地，
经由怎样的小径来到这里？
无永存万物心底。

但我已知我去往何方，
风的脚会踩出我的方向。
必有一日我剔磨为沙，
我要安然重返贝壳的黑暗胸膛。

天地有我

我本是懵懂的喜喜，
亲亲热热，甜甜蜜蜜。

我本是娇惯的喜喜，
无知顽劣，自如嬉戏。

我本是乖乖的喜喜，
心纸耳笔，句句谨记。

我本是哀怜的喜喜，
彷徨四顾，事事亲力。

我却是离开的喜喜，
千山万水，孤苦无依。

我却是我，欢欢喜喜。
跃！踢！吼！
孑然傲立。

来吧，我不怕

来吧，我不怕，
我笑嘻嘻地说。
那时，我还不知道，
可爱的世界，
有什么会伤害我。

来吧，我不怕，
我勇敢地说。
那时，我精力无穷，
世界充满挑战，
而我期待成为更好的我。

来吧，我不怕，
我颤抖着说。
那时，箭雨无所起无所终，
飞翔必然洞穿心窝，
海阔天空却无处闪躲……

来吧，我不怕，
我温和地说。

那时，我重见了世界：
亲爱的世界——
我就是你，你就是我。
来吧，世界，我不怕，
我温和地这样说。

来吧，你别怕，
我想轻声对你说。
流浪的流泪的人啊，
世界已有你，
世界还有我。
来吧，你别怕，
让我们一起对人们说。

他们

他们说只要是风，
就注定通往一个方向，
那就叫远方。

他们说只要是爱，
就注定通往一个方向，
那就是忧伤。

他们说所有人，
在知道自己是谁时，
第一感觉是孤独。

他们说所有的雪花，
即使能够绽放，
也不会有芬芳。

他们早已经说完了一切。
只是我不知这一切，
是否像他们说的那样。

一个人一个人，
一个人的宇宙在旋转，
是自成一体的彷徨。

和他们在同一个圆球上行走，
如何才能知道，
自己在走向哪方。

我已准备好我的心

以什么比拟那只无名的丑陋的鸟，
那个早晨在你的窗口，
怯生生地最后歌唱。

以什么比拟那朵沉默的残缺的花，
那个傍晚在你的脚边，
孤零零地最后绽放。

以什么比拟，
虎嗅蔷薇的温柔，
野蛮着芬芳。

以万物也只够卑微供奉，
以灵魂的壮美与微妙。
这一切，
关于这一切，
有一颗诚挚的小小的心，
已足够。

远方

我将要奔向远方，
带着我的英雄的梦想。
有一天麦子成熟为阳光，
大地从黑暗变成金黄，
不以收割制造伤口，
我要歌唱着从此流浪。
我歌唱每一个被乌云围剿的晨曦，
歌唱黑夜深处的星河，
我和我的声音奔向无尽的远方。
我就是星空，
无须再去仰望。

分别

你看，我在看你走远，

可我不是灯塔，
是桅杆。
命运的风，
风暴也是风景，
身下每朵浪花，
都是彼岸。

我在这里

我在拼力奔跑，

你在哪里？

我向着旷野张望，

你在哪里？

我在独自刮骨疗伤，

你在哪里？

我在无边黑暗里无声呐喊，

你在哪里？

我早已不再介意，

你在哪里？

世间是否存在，

存在着你？

我在山谷里成为自己，

我在这里。

伤口

裂隙里透出的风，
刺骨的冷。
缘自温柔大洋的融融阳光。
每一个伤口，
都是新的声音，
在无人处悄悄叮咛。
我们期待将天空遮蔽的，
或海鸥，或鸦群。
每一个伤口都是新的，
就像每一次心跳的声音。
时间的刀锋上，
淋漓着，淋漓着血滴。
雾霾重重，
不动声色地夺命围困。

火

灯盏囚禁我，
又教我徐徐摇曳。
在茫茫的黑暗，
点亮了长久的梦。

山顶

使劲地，
向山上跑去，
因为只有到了山顶，
才能和你相遇。

上山的路，远吗？

山谷无声，
曾开辟的山路，
消失在山云之间。

山峦绵延，
使劲儿向山顶跑去，
只有在山顶，
才能和你相遇。

天上之天

这是与光同时降临的礼物，
或许是不该得到的。
星星在缎带盒子里闪耀，
黑屋里澎湃着大海。

用香檀木梳细细地梳理心情，
时光凝萃的芬芳，
缠绕着，缠绕着，
黑发逐日如霜的想念。

那是天上之天，
不是云间，
在沉吟低头的一瞬，
蓦然遇见。

见那心的点滴灌溉一株藤蔓，
不依附人间万物，
以空无攀援。
空，成空阔，磐石般向上舒展；
无，成无垠，袅娜着成就巍峨。

如雷鸣，如闪电，
如离别时，默默脉脉……

或许，这是不该有的奇迹。
美好在人间不该相遇，
却在那天上之天，
那双脚烙印的地面。

黑暗的歌者

人们啊，我是黑暗的歌者，
在光明的边缘我以沉默低吟，
在黑暗的剧场我以独白高歌。
生命拉响警报从车流上方奔跑，
流星的速度已经让世界不耐，
朝朝暮暮间看尽起承转合。
人们说光明之子正是那黑暗的歌者，
居住在黎明之前的角落。

诞生是自由的终结

我逐渐失去了自由，
黑夜和白昼的栅栏将我围剿。
此处彼岸的天堑间隔，
从此无法在时空中逍遥。
我就这样失去了自由，
当置身此时此刻。

我怎么失去了自由，
为何，我只是我？
成为新的一粒微尘，
我就在诞生的那一刻，
失去了自由。
从此我只是我。

我与我的时间

四下无人，
是我与我的时间。
睡莲在记忆的水面，一一浮现，
思念的涟漪，星星点点。

我，在哪里呢？
从灵魂肃敛到亲昵无限，
得走多远的路，才供奉在存在面前；
该怎样埋藏，才能深种于心田。

如光柔韧，如云翩跹；
如雨浩瀚，如鹰遥远；
如存在，如存在，万物如存在。
此时此刻，世界屏息，
这是我与存在的时间。

泪

鸟儿总在天上飞，
人们总在夜里沉睡，
笑容再灿烂也会枯萎，
我总是莫名其妙地流泪。

碎诗

你知道，
那颗水珠朝向太阳，
就会有彩虹的模样；
你知道，
那道悬崖如果延长，
就会成为最坚实的桥梁。

以沉默歌唱

星与花，只在一人转身。
花的笑不意味绽放，
星的泪不是悲伤。
无路之山，
淡水的海洋，
玫瑰之刺的血腥，
或，莲花初浮的澄明。
心心念念，却是九张刀片，
印上姓名的薄薄刀片，
取之于明，用之于明，
一次还您，从此不再想念。
为您，做那只知更鸟，
以沉默歌唱明天。

永远向着光

永远向着光，
就会永远发着光。
做不了太阳，
就做月亮，
也能忠诚反射光芒，
把更黑暗的世界照亮。
即使成了一只损坏的电灯泡，
仍会给人以光明的遐想。

沉潜之夜

我被迫逃离，在沉默里，

走向很多很多人，走在这沸腾的大地。

荆棘丛生的僻静处，原来花香四溢。

认识一双双闪光的眼，听说一段段传奇。

每走一步，每走一步，

我都远离，却又接近。

每一段传奇的方向，都是指向，

在所有传奇里，都是奇迹中的奇迹。

而我只能在月光下、星空中，

默默地，深深地思念。

距离越远，越发沉潜心底。

永无之地

——听《神秘园之歌》有感

语言的狂欢，因我们而起，

让无斟满生命之杯。

这是一场无人的盛大宴席：

无人舞蹈，无人欢唱，无人喝彩，无人伫立。

我在这里？无人在这里。

空中弥漫着谁的气息？

甜美芬芳，宛如初生。

空中回荡着谁的气息？

宁静悠远，舒逸飘扬。

由此诞生我，于无之地。

无而永生，无色而存。

神秘，神秘。

从来都没有远方

从来都没有远方，
当脚踩在新的路上；
从来都没有远方，
当幸福在心底完整深藏。

你不知一颗小小的心脏的骄傲

你不知一颗小小的心会有多么骄傲，
不知一根火柴以怎样的温度燃烧。
比悬崖醒得更早的鹰双翼搅动苍穹，
流星的羽毛也是最后的舞蹈。

每一颗星都是自己的孤儿，
每一个孤儿都拥抱着自己的怀抱，
每一颗星都是自己的神庙，
每一座神庙都在烈烈尘埃里固守寂寥。

你不知一颗小小的心会有多么骄傲，
不知秋的大地正以伤口唱着丰收的歌谣。

我喜欢

我喜欢睁开眼睛、
掀开被子就跑到窗前，
对着世界大声说：早安！

我喜欢我的家。

我喜欢这一切，
是因为我有喜欢做的事。

我喜欢在每个夜晚，
躺到床上，
两眼看着天花板，
迷迷糊糊回味这一切。

我喜欢这个世界。
我喜欢明天。

明天，
无论我在哪里，
都会到来。

忧伤在奔跑

阳光在海浪上奔跑，
去远方，去远方。
阳光想到达，
万里海底，冰冷，忧伤。

我在书中奔跑，
去远方，去远方。
我成为另一个我，
星空之下，仰望，寂静，忧伤。

轻风在时间里奔跑，
去远方，去远方。
轻风想到达，
绵绵山峦，坚强，温暖，忧伤。

今天就是昨天的明天

今天就是昨天的明天，
晨光启幕，世界鲜艳。
碎星，弯月，圆日，
共享同一苍穹，
鸟儿欢呼，飞跃其间。
今天，是新的春天，
狂风席卷茫茫大地，
脚印由远及近，浅浅、双双、绵绵。
沿途，野草滴露，点点、点点、点点。

（2012 年 1 月 28 日）

竭尽全力

我尽力了吗？
我问自己，
不知道答案。

从精力上尽力了，
从能力上尽力了吗？
是否可以做得更好一些？
我不知道。

没有死，
就是没有倾尽全力，
不是吗？
我不知道。

我只是常常默默地问自己。

我才不要金子般的心

谁说我有金子一般的心？
那绝对是骗人！
金子多么柔软，
我的心却比磐石还坚定！

谁说我有金子般的心？
那绝对是骗人！
金子不透明，
我的心却剔透晶莹！

谁说我有金子一般的心？
那绝对是骗人！
金子到处都是，
我的心却有独一无二的根！

如果你要夸奖我，
别夸我有金子一般的心。
可以说我的心就像钻石一样呀，
闪闪发光！

（2019 年 8 月 1 日 23：22）

听说梦想无处栖身

我们全力以赴奔跑！
抵达目的地！
是这样一个地方——
荒凉、寒冷、鸦群蔽日，
肮脏、苦痛、绝望。
是回头，还是坚守？
梦想无处栖身，
沉默是天地的回响……

愤怒吧！
让烈火锻造钢铁脊梁！
不要伤心，偶尔才准哭泣，
泪水，那心灵深处爱的岩浆，
只应为亲朋流淌。
耕耘吧！别再张望。
手为犁，汗为水，脚为桩。
八千里路云和月，不诉离殇。
每一个异乡都是他人的故乡，
每一片土地都应该有人筑起梦想。

他们说秋天收获成功

我的世界里没有秋天，
夏天、春天、夏天，
无尽回旋。

我的世界没有秋天，
只有春的盎然勃发，
夏的狂热鲜艳。

谁的世界会有秋天？
生命只是经过着时间，
怎会拥有金色麦田。

春夏终止时，
冬将翩跹而至，
温柔的雪冰冷为苍穹。

后来的人拥有前人的季节，
他人凝结的冬天，
我们眺望的无望秋天。

你的模样就叫远方

从这里启航，
你究竟想走向何方？
不甘此处的人啊，
故乡是故去的梦想，
他方是甜美的希望。
只是，所有远方，
都是他和你的地狱，
都是你和他的天堂。

从今天启航，
你说你要奔往远方。
流落在外的人啊，
明天是昨天的远方，
这里是那里的远方。
你想抵达的地方，
只在你脚下，
只在你心上。

大树说树的远方是天空，
天空说大地才是自己的梦想。

每个人都在向着远方张望，
远方承载着所有人的渴望。
所有远方都只是拔节的朝向，
远方不在任何地方。

勇敢的人啊，
我愿你的心成为你渴望的远方；
我愿你让自己长成远方的模样。
亲爱的人啊，
让我们在大地上流浪，
把远方带到人们的身旁；
让我们仰望夜空歌唱，
歌声让这里和那里真的一样。

后记

歌唱自己的生命

在《教师月刊》2019 年 7 月和 8 月的合刊上，主编林茶居所写卷首语《回声》的开头是：

> 因为约稿的关系，和新教育研究院副院长童喜喜有了几次短信交流，其中一次她隔天回复说："虽然我短信回得晚……"意在表示歉意。我回了一句："时光深处总有长久的回声。"无非想说就是没回短信，但声音总在。不一会儿，童喜喜发来一首十几行的诗句，题为《偶感》，其中写道：

> 时光深处总有长久的回声
> 就像母亲的叮咛
> 总是童年里最温暖的声音
> ……
> 就像我们在此时此刻
> 只能含着眼泪启程
> 在所有的五月
> 鲜花将继续怒放
> 我们也将继续失去
> ……

可时光深处总有长久的回声

从大地向着天空，烈烈升腾

　　童喜喜是儿童文学作家，她能把一滴水化作河流，并不让人讶异。我钦佩的是，这样的一首诗的破晓而出，端赖于一种深沉的情感：深沉，情深深意沉沉。在我的观念里面，深沉是极为重要的文学气度，它至少意味着：不轻浮、不吵闹、不偏执。黎巴嫩诗人纪伯伦有一句话经常出现在语文试卷上："一个伟大的人有两颗心，一颗心流血，另一颗心宽容。"如何理解作为一种文学精神的深沉，这句话是很好的媒介和支架。

　　其实，林茶居先生记录的不是这一首诗的创作过程，而是这本书的诞生过程。这本书中的大多数诗歌，都是这样完成的。

　　我酷爱文学，成为职业作家后，从未想过自己会以其他方式为生。2009 年我接触新教育实验，逐渐承担一些事务，是纯粹的义工，只为了帮忙。万万没想到，我越帮我越忙，离文学创作却越来越远。

　　深知训练对写作的重要性，我生怕自己会被文学抛弃。为了保持对文字的敏感，我在极度繁忙中正式写起了诗，遭遇某个人、某件事、某本书，一念所至，赶紧记录。

　　开始是悄悄地写，从不示人，从不敢称为诗。后来渐渐写诗送给老师，从送某一位友人到送参会的数百位人。《你的好　我知道》里面的诗，被许多所学校、许多次活动使用。告诉我读诗读哭了的老师，已有数十位。

　　当完成"新教育晨诵"系列丛书主编和晨诵课程理论研究后，我对诗歌如何助人诗意栖居，有了更多的思考。

　　于是，我出版了一本给孩子的童诗集《萤火虫的故事》，纳入知名品牌读物"中国最美的童诗"系列丛书，由重庆出版社出版。

　　本书是一本给大人的诗集，也是我的第二本诗集。相信书中的一些诗句，能潜入您的心底，送去深情与力量，让您歌唱出自己嘹亮的生命。